KB217504

못 걷는 슬픔을 지날 때

못 걷는 슬픔을 지날 때

초판 1쇄 발행 2024년 10월 28일

지은이 신진
펴낸이 강수걸
편집 강나래 이선화 오해은 이소영 이혜정 김효진 방혜빈
디자인 권문경 조은비
펴낸곳 산지니
등록 2005년 2월 7일 제333-3370000251002005000001호
주소 부산시 해운대구 수영강변대로 140 BCC 626호
전화 051-504-7070 | 팩스 051-507-7543
홈페이지 www.sanzinibook.com
전자우편 sanzini@sanzinibook.com
블로그 http://sanzinibook.tistory.com

©신진
ISBN 979-11-6861-374-4 03810

* 책값은 뒤표지에 있습니다.
* 잘못 만들어진 책은 구입처에서 교환해드립니다.

산지니시인선 022

못 걷는 슬픔을 지날 때

신진 시집

산지니

시인의 말 하나

풀색자벌레 한 마리
전신을 조였다 폈다
문명을 재며 헤맵니다

차례

제1부

수평잡기

상류에서 싸대는 오물
하류에서 삭여야 한다

상류가 가뭄에 목이 마르면
하류는 쫄쫄 굶어야 하고

상류가 무너질 때는
하류도 덩달아 떠내려간다

오늘도 상류는 가상화폐 가상계좌
가상 추상 증강 환상 모래성 쌓고
하류는 눈썹까지 개펄에 절어 산다

그래도 강은 아는가 보다
하류가 떠내려가면
상류도 속절없이 무너진다는 사실을

강은 위아래
높이를 맞추어가며 흐른다

비우지 마라

비우고 산다는 말, 분에 넘는 수사(修辭)이다
정작 비워내고 나면 제풀에 앉고 서기나 하랴

애써 버리고 비우고자 한들
심지 없는 램프불이 불이 아니듯
탄력 잃은 고무줄이 고무줄이 아니듯
숨탄것 숨통인 이상 마냥 비워지지는 않으리

나무는 가진 잎 다 떨어낸 겨울에사 몸빛 밝힌다
지만
발가벗은 나목이라야 나무이든가
벗을 데 벗고 맺을 데 맺은 여름의 성장(盛裝)
온갖 잡벌레 먹고 싼 세월이 나무의 면목인 것을

비우지 마라, 그득 찬 미혹과 허세
쏟아놓다 남의 길막이나 될라
미련도 허물도 안고 구르다 보면
물 내도 분(糞) 내도 구색 맞춰 헤살대며 다가올 것

인즉

　냄새 맡은 콧등마다 건네 오던 피난민 동네 부침개 조각
　숨죽이며 귀 기울이던 옆집 폐결핵 소녀의 잔기침 소리
　으쌰, 으쌰, 정성 다해 내려주던 막노동판 흙 내리기*
　숨탄것들 숨길이사 마냥 버려질소냐
　묵힌 채소밭 뜻밖의 노오란 봄동꽃 모양
　남몰래 혼자 불 붙여 든 찔레꽃 하얀 등잔 모양
　희붐하게 제 둘레만 밝힌들 꿀리지 않고 당당하리

　비운 채 살기란 숨길 밖 오기, 산 사람 몫은 아니다
　살아있는 시간이란 가다가도 들고 나다가도 드는 마당
　미혹도 허세도 제풀에 맡기고 살다 보면
　새 볕에 새 풀 먹이는 뒷마당 바지랑대로 오롯할 터

딸려오는 찔레넝쿨, 마음에 서리담긴 봄동 꽃 화롯
불 삼아
어디, 현관문 잠그지 말고 살아볼지라
이웃 발길 조심 없이 드나들게끔

* 흙 내리기: 고3 시절, 선암국민학교 토목공사 때 나는
언덕 위의 흙을 파 내려주는 신참조였고 고참조는 언덕
아래서 리어카로 흙을 받아 날랐다. 스스로 단 땀 흘렸던
협업의 시간이었다.

오른손잡이의 오류

압박과 단련 끝에 오른 경지, 오른손잡이
왼손이 저요, 저요 나설 때마다 누르고 뭉개었고
왼팔이 나도, 나도 기어오를 때마다 쥐어박고 끌어
내렸지
덕분에 왼팔 왼손은 잊고 살아도 되는 경지, 오른
손잡이

오른팔이 절구를 찧을 때면 공이에 낯짝을 찍히고
오른손이 무를 썰 때면 목을 베이는 공포를 감수해
야 했던
왼손, 복지 밖의 식민
오른손이 글을 쓸 때는 종이를 붙들어주고
귀한 분 만나 악수라도 할라치면
숨을 곳을 찾거나 상대의 손을 감싸며 아양떨이나
했던
도구적 존재, 왼손

개한테 물릴 때에는 오른손의 반격을 기다리며

홀로 짐승의 이빨을 감당했던 천덕구니
홍역 볼거리 간염 파상풍 대상포진 폐렴 예방접종
독감인플루엔자 코로나 예방백신
도맡아 찔리고 부어오르고 앓는 설움 홀로 삭였던
평생 무보수 자원봉사자, 왼팔 왼손

세뇌된 왼쪽은 오른쪽의 귀퉁이에서 빌어먹고 살
았네
약한 티 아픈 티 내지 못하고 눈칫밥 먹고 살았네
오른손 떠받드는 재미로 살아야 했네
같은 크기 같은 생김새 같은 길을 걸어온 생애
그만으로도 족하고 감사하며 살아왔나니

교육도 단련도 소용없는 노년에 이르니
오른팔도 오른팔대로 왼팔의 종질이나 하고 살았
다 주장하네
오른팔 오른손가락 왼쪽 것보다 먼저 아리고 쑤셔
대나니

왼손이 연고 발라주지 않으면 잠도 들지 못하는 처
지 되었네
압박과 단련 끝에 다다른 오류의 경지, 오른손잡이

못 걷는 슬픔을 지날 때

걷지 못하고 나앉아 있는 슬픔을 지날 때에는
걷는 슬픔이여 너도 잠시 멈추었다 가라
너도 슬픔이고
못 걷는 슬픔이었지 않느냐?

못 걷는 슬픔에게 예를 갖춘다 해서
금세 일어나 걷기야 하겠냐마는
지나가던 슬픔이 걸음 멈추고 다독이는 동안
그도 매무새 추스를 수 있을 것이니

이이나 저이나
슬픔은 슬픔끼리 영판 닮지 않았더냐
같은 체온
같은 맥박
한통속 사연

언제 비 오지 않는 날 있더냐
아침결에 한 식구

서로 얼굴 살핀 후에 제가끔 길을 나서듯
걷는 슬픔이여 못 걷는 슬픔을 지날 때에는
잠시 등짝 다독이며 얼굴 살피다 가라

비 맞지 않는 자 어디 있더냐
슬픔이 슬픔을 잊지 않고 우산그늘 나눌 때
못 걷는 슬픔도 멈춤
그 다음 동작을 기억하려니

모르는 게 아는 것이다

아는 척하기는 쉽지만
알기는 어렵다

모르기는 쉽지만
모르는 척하기 어렵다

아는 척하지 않는 것이
모르는 척하는 것이다

모르는 척하다 보면
비로소 모르게 되고

정녕 모르다 보면
마침내 알기에 이르나니

고로 모르는 게
아는 것이다

그리운 못난이

못난이는 자꾸

잘난 이가 그립다

잘난 이들 두 번 만나고 나면

못난이는 더욱

못난이가 그립다

설악산 가을 '명상의 길'

너도 나도 예 왔노라
부르고 부르짖는 호루라기 핸드마이크
박수소리 사이렌소리 우다다다 여럿이 내닫는 소리
권금성 케이블카 엔진소리 추르르르르르르
물 오른 가을 설악산
설악동 찾아왔건만 멀기만 해라 가을 설악산

전방에 비선대 우현으로 울산바위
좌현에는 육담폭 비룡폭 토왕성폭
진동하는 비린내 사이
외로 기웃대던 중에 만났네
폭포도 기암절경도 사람 비린내도 스러진 적요
한 손 뼘 너비 개울에 어깨 걸고 걷는 한 발 뼘 오
솔길

들머리에 '명상의 길' 이름표 단출히 달고
단풍나무 산딸나무 사람주나무 쪽동백나무
흔한 길손들이 보초 서다 삐끔삐끔 내다보는 길

월사금 못낸 소년 헤진 신발코 털며 혼자 걷던 길
눈물 나도 울지 않던 누이, 몰래 발꼬락 닦고 간 개울
배초향 보랏빛꽃잎 띄워 흘리고 있네

설산 설봉산 설화산 설악산 고상한 이름 다 잊고
울산바위 비선대 비룡폭포 육담폭포 토왕성폭포
명성 색깔 풍광 자랑 먼지 털 듯 떨어내고
한나아 둘 한나아 둘 단풍 그늘 바람에 걸음 노 젓네

개울물에 발 담그고 손가락 풀어 숨 고르노라니
가을아, 설악산아 너와 나 한참 멀리서 살았건만
멀어도 너와 나 멀리 있지 않았구나

눌어붙어 있던 외사랑 귓바퀴 종소리 치며 다가오는
가을 설악산
너는 작고 좁은 길, 예 있었구나 초동급부 잡목 보
초 선
개울 한 모롱이 물비늘 위에 간당간당

단풍구경

나무도 마지막 문 앞에서는
본래의 낯빛을 챙긴다

견뎌온 생채기, 베이고 휘며 얻은 옹이
중학교 도덕교과서처럼 의연하다
들뜬 열망의 담녹색 소지(燒紙) 불사루어
빨주노초파남보 배냇짓하는 민낯들

널뛰고 자치기하고 줄넘기하며
웃고 떠들고 제멋대로 놀아먹는 보남파초노주빨
소갈머리 없이 흔들어대는
악보에도 담지 못할 맨발의 춤

잎들아 입들아 눈들아
어쩜 그렇게 노래를 잘 부르니?
어쩜 그렇게 바람을 잘 피우니?
어쩜 그렇게 질서 있게 무질서하니?
어쩌면 그렇게 마약도 돈 따먹기도 잘하니?

너 참 개구지구나, 쟤는 웃는 상이야
요것은 살이 맑구나, 젖통 한번 만지자꾸나
동그랗구나, 초로록 맑게 우는구나
희롱에도 뒤끝 없는 맨발 맨 뺨 맨 사타구니

웃는 일이 우는 일이요 우는 일이 웃는 일이다
빨주노초파남보
너나 나나 원래 자리는 바람 속이었구나

초짜 전문 마을

공사판 못 박는 일은 기술자들의 몫이었다 초짜에게 맡겨놓으면 못은 박히기도 전에 구부러지거나 튀어나가고 못 박아야 할 나무나 콘크리트조차 못쓰게 버려놓기 때문이다

기술자는 실수를 하지 않는다 못과 망치와 박을 것 사이의 긴장을 효과적으로 조절하여 한 방 한 방 파고든다 나무나 콘크리트 덩어리가 눈치도 채지 못하는 사이 못은 미끄러져 들어간다 거역하지 못할 침범, 비명도 고통도 새지 못하는 매조지

세상살이에도 못 박는 기술자들이 있다 누군가의 어깨 누군가의 발걸음 누군가의 심장 안에 들키지 않고 박는다 기술자가 박아놓은 못의 지시에 따라 사람들은 구르고 비틀리고 찌그러진 채 살아간다 그 꼴이 살아가며 지켜야 할 도리인 줄 안다

초짜들도 못 박는 기술을 배운다 터지고 맞고 기면서 수련에 매진한다 하지만 뛰어야 벼룩, 부처님 손

안의 오공, 이미 박힌 못의 지시를 벗어나지 못한다 희망이 잘리고 분노는 말라붙는다 초짜는 전문가의 저의를 알지 못한다 입 닫고 뻘뻘 기면서 못 뽑기 상책으로 여기고 산다

초짜들이 못을 뽑는다 녹슨 놈 굽은 놈 대가리 날아간 놈 가로세로 갈라진 놈 보는 족족 뽑아낸다 옴짝달싹 못하게 남의 근육 꿰었던 못, 풀었다 감았다 내장을 옥죄는 못, 살 속에 이빨 박고 숨어있던 못 한 놈 한 놈 찾아 뽑는다 상처의 결을 따라 아픔의 결을 따라 귀신 몰래 뽑아내는 전문가 경지에 든다

우리 고향에 가면 있다 초짜들의 못 뽑는 마을, 아침저녁 뽑을 못 없나 남의 이마 뒤지고 남의 가슴 살피며 살아가는 마을— 굽은 등 일일이 펴고 쪼그라들었던 허리어깨 펴고 사는 마을. 저기 저기 초짜 전문 마을이 있다 서로서로 박힌 못 뽑아 다시 햇살 붓는 재미로 사는

엄광산 소나무의 안목(眼目)

엄광산 기슭 대신공원 조촐한 수림(樹林)
사이길 헤치며 오릅니다

가지와 가지 사이 조각하늘 서로 품으려고
얼키설키 수목들이 다투고 있습니다

동의 없이 옆엣 나무의 어깨 잡아끌고
허락 없이 이웃의 무릎 위에 발 디디며
마냥 하늘의 간격을 다투고 있습니다

꼭대기쯤 이르자 숲은 사라지고
때깔 고운 소나무 한 그루
가없는 하늘을 이고 있습니다

척박한 터에서도 의지 곧추세워
광대한 하늘을 독차지하기에 이른 고목(古木)
그는 있는 대로 허리 구부리고 목 늘어뜨려
발아래 기슭을 내려다보고 있습니다

무릎 팔 어깨 서로 디디고 사는 잔챙이들
꺾이고 비틀림으로 서로 받치는
서로 귀 기울이면서 주거니 받거니 오가는

아랫것들의 땀에 전 조각하늘이
광대한 천공(天空)보다 깊고 높습니다
알고 보면 아래는 위의 거룩한 모태
정진 끝에 얻은 엄광산 낙락장송의 안목입니다

수제비

근육을 키우면 단단히 굳히고 싶고

돈이 생기면 구석구석 쟁이고 싶고

사람을 사귀면 인맥으로 써먹고 싶고

빈손에 빈둥빈둥 서너 달 혼자 구르노라면

몸이고 마음이고 말랑말랑 수제비 떠서

따신 국물 후후 불며 나누고 싶고

기러기와 오리

평안(平安)이란 고통의 순간에 깃드는가

기러기의 몸과 마음은 날갯짓하는

고역의 순간에 평안하다

날지 않는 동안 기러기는

똥밭에서 뒤뚱거리는 오리이다

가을 야구장

프로야구 결승리그
응원 스탠드는 가을 산
빨강이나 파랑이나 제멋대로 출렁거리다
타산 없이 하나 되어 쏠리고 쓰러지기도 하는
내장산 주왕산 화담 숲 단풍

번트 대고 사는 놈 희생 플라이 치고 죽는 놈
중요한 순간마다 병살타 치는 놈
잘난 놈, 예쁜 놈, 죄 많은 놈 죄 한통속
두 손 치켜들고 남의 박수 받는 것도 좋지만
죽도록 달리다 죽었다 벌떡 일어나
나 죽는 폼 어땠어?
옷 털고 일어나는 눈부신 황홀

잘 있어요 잘 가세요
빨강 파랑 노랑 하양 물결
인사아가 없었네

때 맞춰 홈런 때리는 놈
스트라이크 던지고 포볼 내주는 놈
마침내 담장 너머까지
내남없이 함성 얹어 한데 뭉쳐 내지르는
한 번 더 다시 한 번 또 한 번

으샤 으샤 으샤 샤, 가을단풍 때 함성
같은 모자 같은 넘버 허락 없이 갖다 붙이고
스탠드에서 그라운드에서 소매 걸어 부치고

잘 가세요 잘 있어요
그 한 마디 없었네
민낯 열고 민낯 구경 물결치는 가을 야구장
여럿이 한 곳간에 거두는 가을

시 쓰지 마라

시 쓰려거든
시 쓰지 마라

시는 이미
사방에 널려 있다

시를 쓰노라면
시를 날리고 마느니

시를 쓰겠다면 시를 버려야 하고
시를 만나자면 시를 잊어야 한다

지우고 잊고 잃은 시는
눈비 맞고 눈총 맞으며

맨발로 물 위를 걷는 소금쟁이가 되고
허공에 집터를 보는 거미가 되고
어른의 여문 손아귀를 펴고 녹이는

조막손 되고 꽃잎이 되고

드디어는
흘러가는
한 줄 문장으로
천지간에 빨래줄 모양 널릴 것이니

시 쓰지 마라
시를 구하려거든
시는 세상천지 이미 널려 있다

아침

마른기침 일어나
어둠의 자투리들을 갠다
쿨럭쿨럭 삽자루 기지개 켜는 소리
털복숭이 한 마리 눈곱재기 닦으며 뛰쳐 나온다
몽당 털복숭이 논두렁길 앞장을 서면
밤새 물을 지고 기다렸던 풀들이
한 바가지씩 노인의 발등에 물을 부리고 간다
샛바람 불어와 노인의 이마에 새로 체온을 짚고
복숭아뼈를 타고 물 기운 쇄골까지 오르는 동안
노인은 피 싹 몇 건지고 물꼬 다진다
논흙의 숨소리 찌르레기 소리 따라 재잘거릴 때
부신 개밥그릇 보듯 살갑고 낯익은 들판 열린다
여기저기 바투 돛을 올리는 농투성이의 목선들
여어- 여어-, 오늘도 함께 맞았구나
답 없이도 저마다의 무사함을 알린다
남의 상찬(賞讚)에 들뜬 일 없고
알래스카며 앙코르와트며 멀리 가 본 일도 없으나
넘길 것 죄 넘기고 조그맣게 남았으니

다시 밝는 날이 짐 되지 않다

툇마루 너머 산이며 들이며 한도 없이 몸을 푸는 동안

강아지 새삼 다가와 노인의 발등에 몸을 비빈다

볕살은 구석구석 알뜰히 쏘다니며

젖은 신발 젖은 삽날 웅크린 막주춧돌 어루만진다

둘이서 맞는 툇마루의 아침 밥상

홰나무 가지 사이 샛별조차 기웃거리나니

오늘도 멀리는 가지 말자고 일거리 놀거리 널려 있다고

몽당 털복숭이 폴짝거리며 아침이라카이 아침이라카이

주둥이로 입을 맞춘다

허공

평생 내 손가락 먼 곳을 가리켰으나
그곳에 이른 때 없고

평생 내 손가락 꼭대기를 가리켰으나
그곳에 오른 적 없고

평생 내 손가락 나를 가리켰으나
그에도 닿은 적 없다

죽어서는 지구의 중심을 가리키리라
이번에는 그 중심
허공에 가닿으리라

제2부

이승의 일

저승의 일이야 누워서 흙내 맡기
가보지 않고도
구십 프로 알겠는데

일흔 몇 해 구른 이승의 일
보고도 겪고도
구십 프로 모르겠네

꿈속 경주(競走)

힘대로 달려왔네, 앞선 이 뒤통수 따라
결승 메인스타디움 가까워서야 눈에 들오네
출발점 근방에서 아직도 꿈적거리고 있는 사람들

일찌감치 트랙을 내주더니
여태 지정거리고 있었구나
밀어줄 힘, 끌어줄 인맥이 없었구나
발버둥도 제자리서 거꾸러지기만 하였구나

싸늘한 빙판길 한가운데서
난민처럼 고개 숙인 채 맹수들의 눈치 살피는
겁먹은 눈망울들

누가 저들의 근육을 끊어 놓았나?
빤질빤질 닳고 차가운 아스팔트 위에
저 숨통들 짓뭉개고 달아난 이, 나는 아니었나?

그랬구나, 나는 내달리기만 했구나

저들의 어깨가 내려앉는 동안
부실한 나를 감추려고 더 빨리 더 높이 내달렸구나
출발점이 결승점 그 자리가 그 자리인 트랙 위에서

결승 메인스타디움 가까이서 팔다리 다 풀리네
어디로 가나? 저들을 두고
출발점 결승점 방위조차 잃어버리고
오락가락 갈팡질팡 미끄러지네 헛발질하고 있네

하나 목숨

내 목숨이 하나 아니고 둘이었다면
그 둘 어디 어디에 썼을까?
하나에 하나 더 쇠심줄처럼 늘이고 붙여
매사 긍정하고 포용하며 미륵보살 웃음 흘리며 살
았을까?
집 키우고 재물 쌓아 주위에 사람 꾀고
우공이산(愚公移山)하고 상수여수(上壽如水)하라
아래위 계몽하며 한 이백 년 보람차게 누리었을까
지역사회의 어른이 되고 역사의 산 증인 되었을까
아니 아니 그렇지 않을 거야 내 목숨 둘이었다면
하나는 조심조심 가족 건사에 바쳤으리라마는
남은 하나는 엄혹한 근대사 구비 구비에
자유와 정의를 위해 사랑과 진실을 위해 태웠으리
아니 아니 먼젓번 하나인들 오롯이 나 하나 위해
녹였으랴?
저 열사(熱砂)의 아프리카나 중동 오지 어디쯤에서
죽을 판을 헤매는 난민의 마른 피골 쓰다듬으며

같이 울다 바쳤으리라, 아니면

조난자 숨기척 찾다 어느 설산 크레바스의 먹이가 되었으리라

목숨 둘 그리 썼다면 부끄럼이사 한결 덜하리

그러나 그래도 모를 일이야

목숨 둘 그리 썼다면 자식 낳아 기르고 치매 노친 건사하기

누가 감당 하였으리

채소밭 살피고 진돗개 돌보고 토종닭 풀어 놓아주기 누가 하였으리

그래그래 다행이었어 목숨 하나인 게 다행이었어

하나이기에 참고 기다리기 덕행이요

아끼고 지키기 당연지사로 알고 살았나니

늘그막이 시장 보고 산책하고 병원 기웃거리며

남의 목숨도 내 것만치 귀한 거라 깨닫기도 하였나니

맞춤이었네 하나 목숨 나 하나 마침맞게 받아 살았네

사랑과 증오

사랑은 사랑에 목숨을 걸지 않는다
증오는 증오에 목숨을 걸지 않는다

사랑은 진심을 속삭이고
최선의 선물을 바치지만 진실하지 않다

증오는 번쩍이고 달뜨고 살맛나게 하고
웃음 짓게 한다 그러나 진실하지는 않다

사랑과 증오는 한방을 쓴다
함께 진실하지 않다 함께 괜히 골똘하다
받들 생각 하지 않고 바칠 궁리만 한다

사랑과 증오는 다른 방을 쓴다
사랑은 몸부터 주고 증오는 마음부터 준다
사랑은 증오를 견디고자 진실을 포기하고
증오는 사랑을 버리고자 진실을 파기한다

사랑으로 내민 손은 증오의 날(刃)에 베이고
증오로 겨눈 가슴은 사랑에 귀 먹는다

사랑과 증오는 다시 한 방을 쓴다
적의(敵意)를 가린 화려한 문신
사랑이 증오를 낳을까 증오가 사랑을 낳을까

가다 돌아오고 오다 돌아간다 증오의 향기에 싸여
증오가 끓어오르는 동안 식지 않는다 사랑에 싸여

웃음치료

그때그때 표정 골라 바치며
낯가리고 입조심했다
보일 때나 안 보일 때나 머리 숙이고
눈물도 웃음도 보폭에 맞춰 정도껏
때로는 뒤란에서 숨죽인 채
뜬것들처럼 맴돌아야 했다

그만, 그만, 이제 그만 정신 줄 놓아!
큰 숨 들이키며 웃기를 배우는 시간
비워!
버려!
웃음 강사 진정인 양 웃는 꼴이 일차적으로 우스워
아- 하 하 하 하 하

치워버려! 입조심이고 낯가림이고
미쳐버려! 얼굴 뻔뻔 쳐들고
감춰둔 이빨 화알짝 열엇 으 핫핫핫
시뻘건 목젖 부러 내놓고 푸 캬캬캬

숨어 있던 노여움 치고 박고 굴리며 캐 캑캑캑
바닥이 꺼지도록 으으 크크크

허리 숙여 꺼어어억 마주보고 손뼉 치며
쟁여둔 눈물, 뿌리까지 긁어 올린다
앞사람 웃는 꼴에서 내 울던 꼴 떨어진다
잔꾀 팔아 연명한 생애 이 히히히 떨어진다

앞 사람 옆 사람 그 얼굴이 내 얼굴
외줄타기 술래잡기 우습구나야
이 이도 저 이도 옆구리 간질간질
허락 없이 파고드누나 으하하하
비관도 낙관도 울분도 그리움도 헤헤헤헤 끅 끅 끅

개꿈을 품다

소년의 꿈은 새였지
땅에 몸 매이지 않고
어둠에 마음 베이지 않고
강파른 벼랑 넘어 아침놀 물어 오는

청년의 꿈은 범이었지
네 다리 웅크렸다 어흐헝 차차
뛰어 나가리 앞서 나가 펼치리
쓰러진 자 일으키고 상처 닦으리

새를 떠나고 범을 떠나서
장년의 꿈은 집으로 갔네
집에 간 꿈은 장롱 서랍 안에 들어
결혼반지처럼 잊혀갔네

재어 보면 새와 범과 집
모두 내겐 너무 큰 사이즈
큰 꿈은 여럿이 입고도 품이 남아서

작은 나는 새나가고 없었네

나이 든 꿈은 구두덜구두덜 대며
진돗개한테 가서 찾았네
무엇인가를 위해 누군가를 위해
일상으로 목숨 던질 수 있는 저
간단하고 자유로운 배포

느지막이 나는 맞춤 꿈
개꿈을 품게 되었네

허접쓰레기

시 쓰신다는 인사들과 한나절 노니노라니
시는 둘째 치고 인간미 훈훈하다

술 값 밥 값 서로 먼저 내고
되갚지 않아도 섭섭한 내색이 없다
상호간 존중하여 작은 영예 서로 키우고
스스로를 낮춤에 미적거림이 없다

시인다울 손, 도덕성에 사회성 더해
담당자 기자 편집자 인간적으로 챙기며
문화계 문학계의 중심을 겨냥한다

돌아와 신발장 귀퉁이 거울 마주치니
잔기침 헛발질로 눈감고 밟아온 생애

말 같은 말, 사람다운 인간성 몰아내느라
너는 예 이르렀구나

신지 않은 채
이사만 따라다닌 오래된 신발처럼
가질 것 없고 부러운 것 없는 허접쓰레기
그래도 덩달아 나대었다면
예 이르지도 못 하였을 손

간사(奸邪)

돈이 생기자
잡념이 많아졌다

돈만 들와봐, 아너 소사이어티*에 거금을 쾌척
세상에 진 빚 쪼끔이나마 갚으리
없을 때는 그거 하나 욕심이었는데

막상 돈이 들오니 잡생각이 들끓는다
집부터 넓혀야 해
거실, 주방, 서재는 따로 두어야 하지

연금만 믿고 살 수 있나?
임대 상가 두엇 두고서야 마음을 놓지
건강식품에 골프 연습장, 수영장 회원권
뭐 하는 것들일까? 요것들도 궁금하다

폐기 날짜 벼르던 고물 라디오
고물 타이프라이터 고물 귀목반닫이

버릴 수 없다
두고 보면 저들도 돈 될 날이 있으려니

아들, 며느리 웃는 양이 전 같지 않다
생각의 바운더리가
한결 넓어졌다 아니 디테일하다

돈이 생기니까 아녀 소사이어티고 뭐고
몇 푼 더 갖고 싶다

* Honor Society: 노블리스 오블리제를 목적으로 2007년
우리나라 사회복지공동모금회에서 설립한 1억 원 이상
기부자의 모임.

좁쌀영감

누군가 나에게 복을 주시겠다 하여도
받지 않겠네
넙죽넙죽 주는 대로 받고 산 세월
부끄럽네 더는 내밀 손 없네

누군가 내 숨은 죄 들추어 벌을 주신다면
그 역시 사양하겠네
피하고 숨기며 살아온 상처
아픈 불 지짐으로 덧낼 순 없네

그만 놓아 주시게
꼬락서니 아직 멀쩡해 보일는지는 몰라도
실상은 겉도 속도 시원찮아서
상과 벌, 관심 무관심 어느 것도 받지 못하네

남은 소망이 있다면 마누라
제때 창문 여닫고 전기 끄고 가스 잠그고
아는 건 압니다 모르는 건 모릅니다 솔직하게

부드럽게 말해주기를 이상 끝

아니 한마디만 더
나보다 한 이틀은 더 살기를

내 지인(知人)

청미래 종아리 싸리나무 사타구니 산딸기 등허리
칼바람에 빨갛게 튼 겨울산 산등성이 잡목 넝쿨을
보면
좋아 환장을 하며 빨려드는 이 있다

기운 좋은 상록수림이나 설원의 낭만 따위 헛바람
멀리하고
자잘한 잡목들이 맨몸으로 엉켜 붙는 겨울 산등성이
볼 때마다 홀딱 벗고 따라 나서는 이

겨울 잡목들은 색과 향을 끌어안고 숙성한다
물소리 새소리도 적막 안에서
으응 으응 속앓이 나누며 비벼대며 열을 낸다

종내 한통속이 되어 자신을 지워버리고 마는
지인의 정체를 여기서 밝힐 순 없다
겨울 잡목 숲 붉게 턴 넝쿨 살 사이 단단한 솔기로
스며든

내 손으로는 일으킬 수도 떼어낼 수도 없는 이

그를 만나시려거든 된바람 몰아치는 겨울 산으로
가서
묵은 상처 다 까놓고 속엣 숨결 있는 대로 토해보
시라
동시에 가시넝쿨에 맨살 비비노라면
지인이 벗어놓은 숨결 한 가닥 건져 들 수 있을지
몰라

자식 작목반

농사 중에는 자식농사 으뜸이라고 하나
이는 수확이 으뜸으로 오지다는 말이 아니라
심신 노역(勞役)이 비할 데 없이 빡세다는 말

자식이란 물 주고 거름 주고 볕 쬔다고 크는 작물
이 아니다
입에 든 거 내어 주고 입은 옷 벗어 주며
엇나갈까 기죽을까 잠 못 잘까 살피기 기본
굳은살 박이도록 받들고 어루꾀고 피눈물 대신 흘
려야 한다

콩 심은 데 팥 나고 팥 심은 데 콩 나기는 약과
금덩어리 묻은 데서 억센 바랭이 벋어 발목 잡아채
는가 하면
감자 고구마 심었건만 여우 되고 늑대 되어 오만
간장 휘젓는다

이식 후에도 아프다 바쁘다 여우 기별에 마음 졸

이고
　　다니러 왔다 하면 뭘 덜 먹었는지
　　주둥이 내민 채 뜸부기 소리로 호리고 어정거린다
　　왔소 가요 말 한마디 천금 드는 양 비싼 티 낸다

　　모년모월모일에 날 쥐어박았으니 외상 갚으시오
하거나
　　왜 심었소 왜 키웠소 대들지만 않아도 감지덕지
　　살자니 지어야 하고 짓자니 목메고 이 갈리는 농사

　　어와, 농사 중에 자식농사 등골 빼기 으뜸이로세
　　받들어 키워놓으면 하늘이 점지한 양 목에 깁스한
채 대들고
　　낳고 기른 죄, 물 덜 준 죄, 김 덜 맨 죄
　　잘 되라고 몇 대 쥐어박은 일 죄다 죄밑이 되니
　　평생 쓴 말 삼키고 좋은 표정 골라 바쳐야 하는
구나

수확은커녕 그러구러 신체 성히 장성한 것만도 대
풍이려니
  천불 끓다가도 고만하기 다행이려니 여기나니
  화를 복에 맞추는 경지에 닿네

  하지만 이거 하나 고소한 풍경
  놈들도 어느덧 동업자 되어 작목반 들락거리나니
  크나 어리나 낳고 기른 죄 앞에서 자식이란 천둥벌
거숭이
  지들 농사 하소연에 침이 마르네

  고소하기는 해라 지들도 머지않아 슬퍼서 웃는 때
있겠구나
  보고도 못 본 척 알고도 모른 척 동병상련하리라
  할 말 더 있겠는가, 부디 너들만은 대풍 거두고
  무궁무진 복 받아 태평세월 누리랄밖에

집에 가기

집에 가기
힘들다
맨 정신으로 사오십 분
다 왔다 다 왔다 해도
한참을 더 가야 한다

집에 가기
힘들다
한 잔 그윽한 채 이십여 분
다 왔다 다 왔다 해도
버얼써 지나쳐 왔다

결장암 수술대 위의 홍매(紅梅)

시간의 분진들 분분히 흩날리는 비늘들 하루살이
떼 여기는 수술용 침대
받아들이자 탈 나 싸지 않은가?
과분한 의 식 주 과분한 희망
별수 없지 않은가 예, 받아들이겠습니다

홍매 ─ 지공대사*들이 즐겨 그리는 사군자의 하
나, 30년 전에 죽은 원광(圓光)에겐 중(僧)의 시름 달
래주던 꽃, 먹을 갈며 세상을 지우던 승려시인의 붓
길이 두루마리 화장지에 연기(緣起)하다니, 그때 알
아봤어야 했어, 붉은 옷고름
속 빈 채 숨죽인 채 목숨을 버티는 나뭇등걸에 연
결리듯 달라붙는 이방의 음성

추울까
따실까
풀이 자랄까?
드나들 집은 있을까?

마지막이 가까운가 보다, 온도도 풀도 집도 없는데 편안하다 마지막일까 마음 설레는구나

　믿으세요, 걱정 마세요, 알아주는 명의(名醫) 최박사, 믿고 맡기라 거푸 타이른다 나는 그를 믿지만 그는 나를 믿지 못하나 보다 그의 불신을 만지작거리자니 그를 신뢰하게 된다 믿습니다 S자 구불결장 온통 들어내었다

　처음과 끝이 만나는 지점 눈부신 지점 속셈도 얼굴도 없는 허공 뒤쫓듯 달려오던 구름떼 난분분히 흩어진다 홍매 꽃잎 파닥거린다 나는 흙을 먹으며 눈멀고 손 빈 채 태어났다 미안하다 부끄럽다 따시다 믿음도 의심도 부질없는 분간(分揀) 놀이였구나

　여느 그림에 비하랴? 두루마리에 그은 핏빛 필적 — 불 위의 우정과 불 위의 정의와 불 위의 알코올과 불 위의 맹세가 소지(燒紙)처럼 타오르다 훅 스러

진다.

　두런두런 협동하는 이역(異域)의 음성들 천지간에
가득한 광채 낯설지만 언젠가 어디선가 들은 적 있
는 낯익은 소리들 빛들이 날아다니며 천정에 은빛
그림을 그린다 죽지 않을 것 같다 헤어질 것 같지 않
다 뇌수가 은화처럼 맑고 단단하다

　이리저리 흩날리는 한 잎 한 잎 거대한 꽃잎
　고맙기도 하다, 부드럽고 붉고 또렷하다

*지공대사: 경로우대 나이 들어 **지**하철
공짜로 타는 늙은이(**대사**)

건강을 위하여

건강을 위하여
삼십 여년 입에 달고 산 담배를 끊었다

건강을 위하여
오십 여년 속을 적신 술과 결별하였다

건강을 위하여
육십 년 막역지우 셋을 한 해에 보내었다

건강을 위하여
인생설계 접고 숨쉬기만 남긴다

달리도(達里島) 칠게장

사람으로 사는 이생에서
단 한 번 누구에게 온통 다 드린 적 없었거니
후생에는 어째라도 달리도 칠게장 되어
시각 청각 후각 촉각 미각에
산 고 감 신 함 오미(五味) 갖추어
몽땅 드리리

내생에는 달리도 칠게가 되어
서해안 개펄바다 갖은 영양 꼬불치고
해안 바윗길 동백 숲길 밤 아실히 속살에 들여놓고
여명(黎明)에 식구 깨워 무명묘지 참배 연후에
열 다리 폈다 오므렸다 아침 운동 제대로 하리

도로고개 능선 타고 내린 육자배기
한 음 한 음 바닷가 돌 틈 열고 깃들이면
동백꽃잎 두어 잎 함께 들여 묵히리
갈매기 맵찬 날갯소리 따다 풍취 더하리

풍랑주의보 든 날에는
삼거리 점방 손발 큰 중늙은이들
한 잔 넘기고 다음 잔 기다리는 사이사이
동백 향 품은 육자배기 열어 막걸리 맛 돋우리
계산 없이 여는 속말 수수리 마수리 흥을 돋우리

지나가던 어촌계, 기웃대던 염전 박씨 굳이 불러들여
도로고개 들었다 놨다 산고갬신함 넘나들면서
뒤끝 없는 욕지거리 사이
얼쑤 얼쑤 추임새 하며 목구멍 안을 넘으리

내 죽으면 달리도 칠게장 되리
꼼치려고 쪼깨 내놓고 가지려고 찔끔 내밀며
남의 속 해작거리는 얼척 없는 짓을랑 하지 않으리
이생의 부끄럽고 미안했던 사람살이 몽땅 바수어
오감오미 갖추어 다 내놓으리

* 칠게장: 데친 칠게와 갖은 양념을 섞어
갈아서 소스처럼 만든 장류

복 많았네

조상님 음덕인지 관음보살 은택인지
복 많았네, 나
사춘기 풋사랑에 심신 불사르는 용기 배웠고
정의! 민주! 데모대 따라 외치고도
골병 안 들고 살아남았네
건강은 지키는 것이 아니라
건강보다 소중한 것을 위해 쓰는 거라며
마시고 토하기 미루지 아니하였나니
속엣것 다 토한 후의 시야에 들던 맑고 따뜻한 세상
모다 보지는 못했으리라
목숨 버려야 할 때는 눈을 감은 채
나 몰라라 뭉그적거리기도 하며
사지 멀쩡히 군필 이루었네
편한 직장 얻고 물욕 식욕 없는 짝을 만나
굳은살 잡히는 일 않고도 죽살이 고개 넘었네
운 좋았지
자식 혼사 때맞추고 손자 셋 무릎 위에 놀려가면서

큰 허물 안 들키고 사십 년 교편생활 정년에 물린
연후
　악성 종양 수술에도 목숨 냉큼 건져 들었고
　양친부모 여의자니 찾아와 위로해주는 친구 있었네
　악성 전염병 창궐 시에도 죽기 살기 살아남았으니
　복 많았지, 나
　적잖이 속이고 거짓말 하였으나 들키지 않았고
　이런저런 궂은일에 상처 입기도 하였지만
　세월아 네월아 어영부영 지장 없이 받아 넘겼네
　일신의 안녕을 위해 진실을 가린 때 없지 않았으나
　부끄럽고 미안한 마음 요만치는 건져 들고 왔으니
　나, 운 좋지 않았는가?
　땔감 주워올 이 하나 없었던 열 식구
　방 한 칸에 장판 틈 흙먼지에 코를 박고 뒹굴어
　흙내에도 일찌감치 낯을 익히었거니
　다음 세상 흙먼지 덮고 살기 두렵지 않네
　늘그막에 연금 받아 납세며 병원출입 부담스럽지
않고

갖은 약품에 면역보강 안티에이징 건강식품 갖추어

순서 잊고 용도(用途) 잊고 건너뛰기도 하면서

부끄럼도 성가심도 그러구러 닭 알 품듯 사위 타산 않고

곱다시 숨쉬기 잊고 있다네

이만하면 건안다경 안거낙업(安居樂業) 아니던가

예서 더 찾는다면 복이 아니고 욕심일 터

어디 운 없고 복 없는 이 계시다면

예 와 나누어 가오, 흰소리 절로 나오네

제3부

스승

공부를 가르치는 선생은 골목골목 깔려 있으나 인
간을 깨우치는 스승 아니 계시다는 탄식이 높더니,
어느새 스승 찾아 따르는 제자들 동네방네 넘치는
날 도래하였구나 길에서 공원에서 사제 동반행 줄을
잇나니 앞선 스승 받들며 따르는 제자들 모습 갸륵
하고 아름다울진저

스승께서는 사람 위함에 오른손 하는 일 왼손 모
르게 행하시고 양심 지키고 소임 다하심에는 목숨
아끼지 않으실 뿐 아니라 오해와 질책, 독선과 폭력
이 당신께 가해질 때에도 그러나 그러나 세월 가면
너도 알리, 훈훈하게 받아 삭이시나니 인간사에 버
려진 인정, 팽개쳐진 신의가 당신에서 현현타 하지
않으리

스승의 가문은 대대손손 인간존중사상 실천하시
었나니 일찍이 사냥 목축 사역(使役) 등을 담당타가
인명구조 애완 반려를 거쳐 오늘에 와 세습 스승의

반열에 이르시었다 세속의 명리 멀리하시며, 없어도
없는 티내지 않으시고 어린 제자의 주장에도 마음
크게 여실 뿐 아니라 분수에 어긋남 없이 마음자리
따라 실천궁행하시도다

　스승의 뜻 헤아려 제자들은 음식이며 잠자리며 입
고 벗는 입성에까지 성의를 다하는구나 나들이라도
있을 시면 안아 모시고 감싸 모시고 불가피한 출장
이라도 있을 시는 럭셔리 호텔에다 모시어 단 이틀
의 이별조차 예를 갖추나니 오오 생짜로 눈에 넣어
도 사랑옵고 우러러옵는 우리네 스승이시여

　탐욕과 질시 분별과 번뇌 멀리하심은 물론 못된
행실 볼라치면 때와 장소 가림 없이 버럭 불호령을
내려 삼이웃 일깨우심에 예로부터 민간에서 멍첨지
라 받드는 바 되시었고
　아파도 앓지 않으시고 남은 음식 버릴 음식 솔선
하여 취하시며 빈집 빈 뜰 홀로 지키실 뿐 아니라 된

바람 폭우소리 독경 삼아 좌선 와선 정진하시다 종
내에는 죽음마저 탁탁탁 꼬리 두들기며 맞으시나니
오오 제행무상 일체유심조 만인의 스승이신저 제자
들은 스승의 장례를 부모 장례 넘도록 후히 치르는
도다

    오늘도 스승님 멀어지실까 귀한 말씀 놓칠까 혹여
한 방울 분뇨라도 빠트릴까 제자들은 집게 들고 봉
지 쥐고 사제 간 몸을 밧줄로 이어 방방곡곡 행차하
는구나 어찌 삼천리 화려강산 보전하자 하지 않으며
사제지정 갸륵하고 가상하다 하지 않으리 사람 축에
라도 들자면 누구 한 사람 꼬리치고 노래하며 그를
따르지 아니하리

나는 나쁜 인간이 좋다

　살아오는 동안 유명 정치인 서너 분을 만났다. 생장환경 정치노선 각기 다른 분들이었다. 공통점이 있다면 세 분 모두 심성 아주 착하여 모든 이를 사랑하고 개개인의 입장을 이해한다는 점. 그들을 만난 사람이면 누구나 "만나기 전엔 몰랐어, 이다지 착한 분이신 줄" 한다.

　그런데 이 세상에서 바른 정치 착한 정치란 구경하기조차 어렵다 하니 어찌 된 일일까? 정치인들은 대체 누구 말을 들어 매일같이 제정신 잃고 밥그릇 싸움질이나 한단 말인가?

　그 외 높은 분들도 만났다. 검경(檢警), 언론, 행정의 온종일 미소 달고 다니시는 분, 까닭 없이 삐쳐 계신 분, 바쁜 와중에도 친절하신 분, 제각각 모습은 달라도 소신은 하나, 법률 규정 지침 공정(公正)에 벗어나지 않으신다.

　그런데 세상에는 법률 지침 공정 때문에 안 될 일이 되고, 되어야 할 일 안 되는 일 많고 많으니 이 어찌된 일일까. 법이고 정의고 그때그때 붙였다 뗐다 하는 애완동물 귀싸대기 리본쯤이나 되는가 보다.

나는 나쁜 인간이 좋다. 교양 없이 의리 없이 박치기 일삼는 아웃사이더, 법률 규정 지침 관례 쓰레기통에 처박아놓은 불량 관리, 엄정보도 정의사회 액자 집어던지고 재채기 구역질 일삼는 반거충이 언론인, 고상한 문화예술 걷어차 버리고 속셈 까고 돌아다니는 주정뱅이.

정치 경제 행정이고 언론이고 나발이고 눈치 없이 손나발 불어대고 소리 지르는, 언제 튈지 어디로 뛸지 규정도 지침도 맞갚지 못할 거친 인간, 나는 더럽고 나쁜 인간이 좋다.

나이아가라를 그리며

속(屬)하고 싶지 않을 때 굽히고 싶지 않을 때
어떤 유혹도 넘볼 수 없는 지점 어디쯤
무지개처럼 우두커니
있는 듯 없는 듯 공중을 막아서고 싶은 때가 있다

참고 살다 보면
넘실넘실 여유 부릴 날도 없기야 하겠나마는
사랑과 자유가 불의와 굴종의 손안에 있을 때
굽히느니 에라이, 내리꽂히고 싶은 것이다

일상의 사소한 애증(愛憎)에도 장딴지가 헛돌아갈 때
우리는 마음속에 간직해온 나이아가라를 꺼내
몸을 맡기고 싶다
떨어지는 물의 날에 몸도 마음도 베고 싶다

징 소리 북소리 내며 한 점 잡내 없이
떨어지는 순간의 차갑고 뜨거운 순결
물보라 사이사이 이 악물고 솟구치는 앞톱니근육

미 북동부 국경을 마주보는 높이 55미터 폭 670미터
나이아가라, 살고 죽는 분별에서 손을 놓고
부수어져 내림으로써 승전을 거두어온 누만 년 내공
까마득한 그 언저리

나방파리 초파리 벼룩파리 버섯파리 날파리떼
팔랑팔랑 펄럭펄럭 빨갛게 파랗게 비닐 천 덮어쓴 채
줄 타고 조각배 타고 망원경 들고 집적거리다
맴돌다 숨다 경배하다 무섬타고 내빼기에 분주하다

집게의 집

지상에서 가장 집을 사랑하는 갑각(甲殼)의 생물
이름도 집게, 그에겐 항상 집이 있다
동시에 언제나 없다

집을 사랑하므로 집을 소유하지 않는다
들면 나의 집 나면 남의 집
있을 때 내 사랑 없을 때도 내 사랑이다

오늘도 집을 떠나는 일상
내일의 치수를 미리 재지 못하듯
내일 들 집을 미리 정하지 않는다

바위구렁에 들면
물너울 받아가며 월파(月波)에 몸을 씻고
펄 속에 들면
드나드는 갯물에 한때의 속셈 정(淨)히 헹구는
천지가 나의 집 우리의 집

도시도 한촌(寒村)도
강남3구도 지하 셋방도 없다
들거든 내 집 나거든 남의 집
있는 날이 없는 날이요 없는 날이 있는 날이다

차마고도

　김둘이 씨(여·85세)는 마을 밖을 모르고 살아온 촌로 나들이래야 읍내 장터 정도 팔 남매 낳아 기르는 동안 아이들 수학여행은커녕 마을 밖 소풍조차 따라가본 역사 없다 하루 이틀 세월만 써도 온천에 몸 지지고 꽃놀이 단풍놀이 스카이 워크 밟고 오는 세상, 한 번을 못이긴 척 따라 나선 역사 없다

　사정이야 일러 무엇 하리 집이 보채고 산이 기웃대니 집 비우고 마을 비울 새 없었다 첫새벽부터 산내 들 몸을 틀며 손잡아 다오 등 긁어 다오 떼를 쓰지 짐승들 목을 빼고 불러대지 바깥 궁금할 새 있나 도망칠 여유라도 있나 저마다 살림 다르고 셈이 달라서 한시도 남 못 맡기고 어긋날 수 없었다

　아들 중에 둘째, 칠남매 중 막내는 세상이 알아주는 오지여행가 작년 한 해 나이아가라 그랜드캐니언 찍고 네팔 앙코르와트 차마고도 돌아 몽골 고비사막 공룡의 땅 헤르멘차브 모래폭풍 뚫고 왔다며 반 쪼가리 되어 돌아왔다 집에 오면 집이 더 험한지 새까만 낯짝 방바닥에 등도 붙이지 못하고 왔다리 갔다

리 칼날 위를 서성거리다 차마고도 차마 못 잊는다며 또 떠났다 수계(受戒)라도 받은 양 떠나기만 하는 아들에게 아서라 한마디 부치지도 못한 김둘이씨 가리 늦게 동구 앞 돌탑에 남아 남이사 보건 말건 돌멩이 하나 얹는다 차마고도 험한 잠 위에 내리꽂히는 찬이슬을 훔친다

　여행가 막내아들 차마고도 해발 수천 미터 샹그릴라 헤매는 동안 커다란 보릿대모자로 얼굴 가린 김둘이 여사 밭 매는 입에서 소죽 젓는 손가락 마디서 육자배기 흘러나온다 님아 님아 낭군님아 먼 데 가신 낭군님아 우리 아이 탈 없도록 몰고 오시라 노랫소리 힘대로 차마고도 된비알 강파른 길 추스른다 노파의 짓무른 눈자위에 마른 논 빗물 받듯 주문(呪文)이 여울진다

　땅에 닿을 듯 굽은 여사의 등허리 고산 능선 진배없구나 고샅길 돌담에 돌 하나 더 얹으며 아야야야 어여여여 목젖을 푼다 아들아 아들아 내 비록 너를 잘못 키워 헛일 일삼고 싸돌아다닐망정 밥 굶지는

말아라 아고고 아이고 돌 하나 더 얹는다 사람이 길을 이기고자 하면 길은 더욱 솟구치고 사람은 쏟아지느니 부디 오려무나 이기지 말고 너는 내게 차마고도 험코 험한 차마고도 낮밤 없이 다가가도 한사코 가부좌로 돌아앉는 너는 내 차마고도

같은 마을 누렁이 꼬리 흔들며 아는 체한다 얼룩괭이 저만치서 눈인사 따로 한다 차마고도 대협곡에서 수호랑이 푸짐한 목청 울려온다 어두우면 게도 예처럼 티 없는 별들이 길 밝히리라 고산지 능선 위에 키 작은 꽃들이 하양 노량 빨강 파랑 짝눈을 뜬다

돌아오리라 향내 없고 이름 없는 아래뜸 반마을 그중 한 귀퉁이 저녁이면 푸르스름 오래 묵은 연기 피어오르는 삼간 지붕 찾아 우리 막내 돌아오리라

김둘이 여사 두 손 모아 호호 하하 고도(高度)의 바람 다스린다 손바닥 위에 다소곳이 올라앉은 하하 호호 차마고도 하아 하아 샹그릴라 눈 쓸고 길 닦는다 얼굴을 덮은 저승꽃 저녁 노을 받아 노오랗게 벙근다

가젤의 낙원

사자 한 마리 따라왔다 걷기도 하고 뛰기도 하고 낮은 포복으로 지형지물에 숨기도 하며 끈질기게 쫓아왔다 내가 나무 그늘에 숨거나 무리 속에 몸을 감출 때에도 놈은 나를 포기하지 않았다 눈과 눈이 마주칠 때마다 섬뜩한 비린내 끼쳐 나는 오줌을 지리곤 했다 한 마리가 아니라 떼거리였다 내 모든 것을 주어도 모자랄 주린 사자 떼

나는 한 마리 가젤, 평생을 쫓기면서 벌떡벌떡 뛰는 심장박동 눌러가며 숨박질하고 살았다 무리 속에 섞여 살아도 공포와 갈증 속에 혼자일 뿐이었다 누울 자리나 찾는 노령에 이르기까지 한사코 뒤를 쫓는 차갑고 뜨거운 맹수들의 눈빛— 아군의 총에 죽은 시체더미 속의 질린 눈, 매일 짓밟히는 산업역군의 혈안, 가젤 잡아먹은 만큼 이름을 쌓는 철학자 정치가 예술가의 곁눈

그래 나를 먹어라 에라 몽땅 먹어라 더 줄 게 없어

미안하다 발 디딜 틈 없는 세상, 남의 다리 짚어가며
버티느니 몽땅 던져주마, 사자들이 우르륵 달려들
었다

　사자들이 배를 불리자 하잇 하잇 하잇, 신호를 주
거니 받거니 하며 하이에나들이 몰려왔다 산만하게
흩어진 나를 이리 던지고 저리 굴리며 뒤적거렸다
내 살갗에 칠칠 침을 발라대는 놈 대가리를 들었다
놓았다 절을 해가며 뜯는 놈 가만 보니 모다 본 듯한
얼굴들이었다 군부의 프락치가 되어 강의실에 앉았
던 짭새 제자, 친구 애인 등치고 부모형제 물리치고
몰아 차지한 것—H Y K I 지인들 새끼들 얼굴도 끼
어 있었다

　무너진 가젤, 흩어진 가젤, 뒤뚱뒤뚱 검독수리들
들쑤시고 사막여우가 힐끔힐끔 맴돌았다 다이옥신
남조류 토악질하며 심장의 헐떡거리는 마지막 소리
헤아리는 참붕어의 떨리는 눈, 반지하 셋방에서 행

인의 발소리 헤아리는 다섯 살 일곱 살 남매의 겁먹
은 눈

　손도 발도 눈도 사라진 가젤 마침내 공중에 이르
렀다 가젤의 영토, 풀 한 포기 쥐 한 마리 얼씬하지
않는다 거짓의 숯내 없고 감언미어(甘言美語) 닿지 않
고 신의 눈에도 띄지 않은 허구렁, 손에 든 것도 머리
에 든 것도 없이 떠도는 모래와 바람의 허구렁
　가젤의 낙토, 심장 소리 한 점 없이 조용ㅎ다 가젤
한 마리, 공복(空腹)에 눈 감고 드러눕다

개 같은 시

사람의 눈을 끈다, 영특한 개
앉아! 서! 기다려! 정도야 껌 씹기
앞으로 가!에 앞으로 가고 돌아!에 뒤돌아서고
뛰어! 하면 뜨거운 불 링 속을 거침없이 뚫는다

빗자루 가져오라면 빗자루 우산 가져오라면 우산
우유! 하면 냉장고 문 여닫고 우유 통 물고 온다
짜증도 불만도 없이 곧이곧대로 활약하는 신통방통
개 이상, 사람 이상의 도통

AI 챗 견종
그런 시들이 넘쳐나고 있다
삼만 원! 입력하면 만 원짜리 석 장 물어오고
십! 하면 열 번 짖은 후 다음 명령 기다리며 차렷!
철저마침(鐵杵磨針) 촌철살생(寸鐵殺生) 가상 진검
놀고 자빠지고 처박고 미끄러지는 환상언어의
신통방통한 시가 녹내장의 눈을 반짝거리고 있다

나는 개가 보고 싶다

반가워서 짖고 같이 놀자고 짖고 끌러달라며 짖고
가만있는 보름달 보고 짖고 똥파리 덥석 잡아 삼키고
세 번 부르면 두 번은 딴 데로 달아나는 놈
실컷 자빠져 자다 제 코 고는 소리에 놀라 벌떡 두
릿두릿
대가리 쥐어박아도 먹을 것 마저 처먹는
반가우면 달려들어 남의 옷 다 버려놓는 개새끼!
그런 개 같은 시가 그립다

낚시세상

안녕하세요, 여기는 중앙검찰청 재난 구호 특수반
저는 수사관 금·상·갑, 입니다

당신의 미래은행 계좌가 범죄에 노출되어 있습니다
어쩌시렵니까? 당신의 꿈 그리고 희망
즉시 전액 인출하여 본청 파견 직원에게 맡기십
시오

또는
지금 당신의 딸이 납치되어 있습니다,
— 아아악! 엄마아! — 비명소리
들리지요? 들으셨지요? 조용히, 아아 흥분하지 말
아요

여보세요, 조용히 내 말 들어요
당신에겐 가족과 꿈과 희망이 있잖아요? 혹은
귀한 따님 잃기 전에 전액 인출 하세요 그 즉시
미래은행 옆 군청색 양복 입은 본청 파견 직원에게

맡기세요

　무슨 일이 일어날지 모르니 집에 있는 반지 목걸이
현금 따위
　아무것도 아닌 듯 몽땅 검정 비닐봉지에 넣어
　냉장실 둘째 칸에 넣어두고 나오세요
　입 닫고 나와서 은행 가서 돈을 찾아 파견직원에게
맡기세요
　잊지 마세요 여느 때처럼 아무 일도 아닌 듯하세요
　입을 나불대는 순간에는 꿈도 희망도 무너집니다

　어서요, 어서 움직이세요
　있다가도 없고 없다고도 있는 그딴 돈
　미래은행 옆 군청색 양복, 냉장실 둘째 칸 검정 비
닐 봉다리
　내일의 행복과 꿈과 희망 꼬옥 간수하시고
　오늘은 본청에 맡기세요 위에서 다 해결해드릴게요
　(으흐흐흐흐흐)

속히 움직이세요, 마음 놓으시고 맨날 그렇듯

* 2010년대부터 우리 사회에 횡행하는 보이스 피싱, 메신저
피싱. 이들은 가짜 메시지로 불안과 공포를 조성하여
은행계좌를 털거나, 금품을 갈취하거나 사기 행각, 성범죄 등
갖가지 범죄를 저지른다. 누구나 속아 넘어갈 수 있다.

봄 걱정

1

아내의 기침이 열흘을 넘긴 듯하다
병원에 가자고 해도 안 가, 자고 나면 낫겠지 한다
돈이 없나 병원이 없나 왜 안 가나 답답하다

2

태극기부대*가 광화문 이순신장군 동상 주변을 점령했다
가서 미국 성조기는 왜 흔들어요, 물어볼까?
건드리면 짓을 내서 더 할까?
기왕 흔들 양이면 일장기도 흔들 것이지

3

쓰레기장에서 쓸 만한 비닐 천을 구할 수 있을까?
황사가 심하니 개집에 비닐 천이라도 덧대야 할 텐데
내일은 어떻게든 개집 단속 해야겠다

* 2016년 말 박근혜 씨의 국정농단을 규탄하는 촛불시위에
대응하여 일어난, 보수 노년층 중심의 시위 집결체. 처음에는
박 정권의 지원을 받는 단체로 소문이 났으나 차츰 나름의
정당 간판을 걸게 되었다. 이들의 시위장에는 태극기와
성조기가 펄럭거리고, 오명(汚名)의 정치가들이 선동 연설을
하기도 했다.

택배

며칠 있으면 생신이지요?
꽃다발 하나 보낼게요, 택배로

끼마다 준비하기 힘드실 테니
아침은 배달로 때우세요
채식도 육식도 환자식도 가능해요
관리실 가서 배달 앱 깔아 달라 하세요

영양제 좀 보낼까요?
칼슘이랑 비타민 디, 아니면 양파 즙 같은 거
음식으로 챙기기 어려울 테니
대체 식품으로 대신하시라고요

그래, 그래 고맙다
걱정 말아라
해 먹다 사 먹다 시켜 먹다 하께

아이 전화 받고 나서 눈 붙이는 사이

택배가 왔다

나다, 밥 잘 묵고 지내나? 아아들은 어짜고?
얌전하게 웃으시지만
삼사 년 장자도 못 알아보다 가신 어머니—

아이고 엄마, 먼 길 어째 왔소?
강을 어째 헤엄쳤소? 사자(使者) 등에 업혀 왔소?

몰라, 드론 택배로 왔다
실려 온다고 강도 사자도 볼 새 없었다

자아실현

내 집 지키고자
남의 집을 턴다
남의 집 터는 동안
내 집 털린다

남의 집 터는 궁리를 지혜라 하고
내 집 털리는 짓을 양심이라 하고
털고 털리는 품앗이를
경제라 한다

경제와 지혜와 양심의 바퀴 굴리기
그 짓을
요새는 자아실현이라고 한다

국립묘지에서

저세상에 가면 어김없이 새겨져 있겠지?

가짜의 이마빡에 또박또박 새겨진

'**가짜**' 화인(火印)

시소

두세 살배기 애 둘이
시소 놀이를 하고 있다
하나가 내려가면 다른 하나가 올라가고
다른 하나가 내려가면 하나가 올라가고

하나와 다른 하나가 수평에서 만나는 순간
반가움에 까르륵 함께 전율한다
가장 황홀한 자세는 하나와 다른 하나가
평형으로 만나는 데 있나 보다

상대를 올리고
나를 내릴 때
평형에서 만난다는 이치
아가들끼리 아는 시소의 엑스터시

나도 같이 해볼까?
어른이 끼어들자 안 돼요!
이구동성 손사래 치며 울상을 한다

아가들이 아는 모양이다
일단 몸을 불린 인간은 사람 반가운 줄 모르고
평형장애로 하여
수평잡기를 못한다는 사실을

소리 질러요
—어느 모녀의 죽음에 붙여

숨지 말아요
쌀뒤주 뒤에 숨어
허기진 배 움켜쥐시다니
뒤주는 배고픈 당신부터 여는 겁니다

숨으면 안 돼요
헐벗은 채 옷장 뒤에 엎드려 계시다니
꺼내 입으세요 활보하세요 당당하게
옷은 벗은 당신부터 입는 겁니다

눈물 숨기지 말아요
상처 숨기지 말아요
발끝도 숨기지 마세요

더 좁은 길 더 어두운 방
더욱 캄캄한 구석을 찾아, 양심이여
숨지 말아요
춥고 어두운 당신부터

따시고 밝은 방 차지하세요

소리 지르세요 배고픔이 여기 있다고
소리 질러요 헐벗음이 여기 있다고
방문 열고 뒤주 열고 소리 질러요
허공까지 숨어들 수는 없다고

여기는
보이는 대로 보고
들리는 대로 듣고
나서는 이 수두룩 넘쳐나는 세상
소리 질러요 당당하게 부디

속삭임
―밟히지 마

예쁘다는 말에 밟히지 마
착하다는 말에 밟히지 마
부드러운 말에 밟히지 마

감사하는 마음 긍정적 사고
통 큰 말, 따신 말에 밟히지 마
울고불고 몸부림치기 전에

포옹에 밟히지 마, 침묵에 밟히지 마
들풀처럼 일어나고 또 일어나라는
속삭임에 밟히지 마, 바람에 밟히지 마

칼자루 쥔 쪽은 언제나 저쪽
밟힐지라도 응?
지금은 지금만은 밟히지 마

길을 잃고 헤매었던 이

산속에서 길을 잃고 헤매었던 이
차후에는 산 기운 떨쳐낼 수 없으리
가슴속에 산맥이 들앉은 까닭에

바다 물밑에서 길을 찾아 기어 본 이
차후에는 그 숨결 잊을 수 없으리
몸 안에 바다 속살 출렁거리는 까닭에

사람에 빠져 길을 잃고 헤매었던 이
차후에는 그 신열 떨쳐낼 수 없으리
곳마다 그 사람, 미리 와 있는 까닭에

제4부

장시

혁명본색

1. 거리

흘러가네 하염없이

반나절분의 정의, 반시간분의 사랑, 사고팔고 낚
는 길

열과 성을 다해 굴러가네

산(山)만 한 바위가 뒤를 밟아오건만 의젓이 마스
크 쓰고

사회적 거리 유지하며 흐르고 있네

손안의 청색광에 눈을 박고, 귓속에 이별 노래 가
득 채우고

잰걸음 게걸음 팔자걸음 오리걸음, 저마다 넉넉한
슬픔들이여

베이비, 베이비, 친구 누나를 풍선인형처럼 주물럭
거리던

무쇠솥뚜껑 같은 미군병사의 손

로터리엔 지금도 미군지프와 탱크가 착검 대기 중
인데

눈동자 부은 채 미용실 도는 곡각 길

우다다다 겨드랑이 사이 오토바이 뛰어드네

지하철 환풍기 타는 내 뚫고 생닭 끓는 호프집 비켜

생살 저미는 횟집 도마소리 깨부수며 흘러가네

거대한 바위 뒤통수까지 쫓아 왔는데

"할로 쪼꼬레또 할로 쪼꼬레또" 목소리 간절하구나

미군 매형에게 초콜릿을 조르던

동네 친구의 아슬아슬한 평화

하니, 하니, 머 하니? 친구 누나의 목덜미를 감던
무쇠솥뚜껑

그때였을까? 처음 만난 혁명의 불꽃

양말 한 묶음에 5천원 혁명 한 두름 1천원

할인마트 옆 난전에서 딴눈을 팔며

길 잃은 패잔병들 빨갛게 토끼눈 뜨고 가고 있네

2. 결실

혁명은 시시때때시 가을을 거두었지

혁명 위에 혁명 앉고 새 혁명 다시 혁명 발목 잡아
채면서

진실이 진실을 탈피하고 양심이 양심을 변태(變態)
하고

자유는 자유의 피를 말리고 정의는 정의의 뼈를 녹
이었지

병(病)이 아닌 것이 병이 되고 신(神) 아닌 것이 신
이 되어

인간 밖의 병원, 지구 밖의 교회가 호황을 맞았지

시인은 풀벌레 우는 소리에 죽은 척 엎드렸다가

때맞춰 별유천지비인간 명시 명창 영원의 나발 무
의식으로 부네

쏟아져 나온 문장들 폐기물 처리장에도 둘 데가
없고

살진 임금님, 앞에는 칼잡이 뒤에는 미중 제국 입

김 두르고

　건들건들 어기적어기적, 나 빼고 모두 무기 버려라!

　기망독점 부정 독점 질서독점 양심 독점

　옥상도 지하실도 비상구도 판 쓰리

　자유도 상식도, 정보 기술 인간 자연 혼자 다 쓸어
담네

　가상자산 진상재화 주식채권 조작매매 선택적으
로 정산하고

　깔려 죽고, 울다 죽고, 성이 나 죽은 쓰레기들 앞에

　영결식 만발하네, AI 챗봇 추도사 낭독한다네

　깔리기 줄서기가 반만년 전통이요 상식이요

　서는 듯 엎드리기 지성이요 예술이로다

　눈물 없는 슬픔 얻었네 분노 없는 침묵 얻었네

　종소리 맞추어 종의 행렬 따르던 얼뜨기들

　은인자중 분노조절 윤리헌장 무릎 꿇고 갖다 바치네

3. 내실(內實)

노력하면 못 될 거 없다고 가르치지만
남들한테니까 하는 소리
실상 출세의 길은 새치기 날치기 가로채기에 있
나니
명문 중고 대학에 군필(軍必)이며 해외 유학까지
보결 보궐 땅굴 파고, 특례 특별 낙하산 타고
사시 행시 의사 회계사 감정사 토익 토플 아이엘츠
야매로 터널 뚫고 안 되면 집돈 쓰며 9년 10년 노
니다가
운으로 합격하고 지름길 승진한 뒤 고위직 낚아
채어
정의 공평 폭파하고 반칙 탈법 위조 찍고 편취 약
취 새치기
투기 정보 미래 정보, 특허기술 산업기밀 귀신 몰
래 탈취하나니
기울어진 운동장에서 얼뜨기들

눈치 보기 오락가락 줄잡기 줄타기 전쟁에 여념이
없네
이런 얼뜨기도 많았네
야매시장에서 생쥐 눈치 늑대이빨 얻어 걸치고
구호(口號)부대 해킹부대 맞불부대 댓글부대 자원
입대하여
남의 음치에 분노하고 남의 평발 개탄하고 남의 쌍
꺼풀 비웃으며
안 돼도 하면 된다 코피 흘리며 따라 외치고
양심 물러가라 너도 그렇다 치고 빠지면서 내실 기
한 얼뜨기들
그러나 얼마 멀리 못가 바람 빠져서
사방으로 머리 조아리며 못 갖춘 죄 반성하고
모다 팔자소관이요, 공수래공수거요
인생 즐거웠다 소풍 잘 다녔다 내실 기하는 얼뜨
기들

4. 건달 세상

혁명의 심장은 피를 먹고 박동하느니

겁먹은 얼뜨기들 자연에 살겠노라, 핑계 후에 종적 감추고

죄 많은 이부터 공적비 세우고 요소요소 집안사람 심어

혁명에 목숨 걸었던 시인, 변절자로 위리안치

미제 뜬구름 중국제 황사구름으로 요령(鐃鈴) 치며 길을 잡는데

불공평을 공평으로, 하찮은 것들을 같잖은 것들로 읽고

당한 자, 찢긴 자, 과거사 털자는 자, 불순분자로 낙인찍고

고꾸라져도 협동헌신, 민생(民生) 팔아 얼뜨기들 다독이네

포만한 착취의 뒷짐, 법치의 팔자걸음 걸어올 때

양심 없는 학자의 올곧은 소신, 백로처럼 파르르

날개를 떠네

　개천에서 나던 용(龍)은 콧김도 조짐이 없고

　용 대신 축산 오물, 플라스틱 비닐 쪼가리 개천마
다 길을 막네

　아홉 식구 한 방에 누워

　동치미 무 씹고 국물 넘기며 볼살 올리던 추억

　동지섣달 한 이불 밑에서 발끝으로 서로의 체온을
재던

　배고파도 배고픈 줄 모르던 시절 찾을 길 없네

　요령 따르던 얼뜨기들 속 불에 눈귀가 멀어

　나이트클럽, 코인투기장, 다단계 매장, 놀이 없는
운동장에서

　아니면 인간 밖 예배당 조명 아래서

　찌르고 소리 지르며 서로 끌어안고 몸을 불사르네

　엉 엉 엉, 불안하고 불공평한 불만이여, 비현실적
인 현실이여

　엉 엉 엉, 무엇이든 하면 다 이루어지는 건달들의
세상

5. 외로워도 그립지 않고

해악 크게 입힐수록 복 받는 세월
모르는 것 없는 이, 아는 것 없어서 출세를 하고
복 받고, 출세한 자, 더욱 쌓아 힘을 뻗치니
젊은이들 애 낳기 사절하고 조상 차례 기제사 멀리
돌다가
더 가진 것 없어? 조상님 안주머니나 들추고 돌아
다니네
춥고 배고픈 자 피땀으로 반성할 때
한 푼 베푼 적이 없는 시인 국가 지원금 받으려고
허상이 진상이다 진상이 허상이다 난문(難文) 삼매
경에 깨춤을 추네
참고래 뱃속에서 비철금속 플라스틱 쏟아져 나오고
폐유에 갇힌 앨버트로스 숨구멍 뚫느라 몸부림을
치나니
사라졌구나, 내기 없이 즐거웠던 자치기, 점수 없
는 무반주 노래

샅바 없이도 하하 헤헤, 온종일 땀 흘리던 민둥씨름

속 빌수록 자랑 되던 엿치기 사라졌구나

우리가 가득 들었던 우리 집 어디로 갔나?

뭉근히 익어가는 화롯불에 함께 익던 형 동생 누이
의 숨기척

없다, 빛깔도 냄새도 남지 않았다

떨거지도 외국풍물을 알아야 인생 아느니

눈은 일본산 입은 중국산

눈 코 두개골 미제 닮아야 미인이라 암기한다

때맞추어 미제 미사일 대금 고지서 집집이 날아 드
는구나

그리움도 외로움도 길이 들어서

외로워도 그립지 않고 그리워도 외롭지 않다

떨거지며 얼뜨기며 근육운동 유산소운동

애재라, 작고 확고한 행복 줍느라 머리 감을 새 없
도다

6. 혁명의 나팔소리

손발 큰 미중일러 무시로 드나들며 군사패권 경제패권 칼춤을 추고
겉으로는 상호주의 실상에는 일방주의
수틀리면 하청(下請) 줄까, 끊을까 건너뛸까
쥐어박을까 윽박지르며 삥땅 뜯기 재미 붙여
영토인력일자리 사이버우주환경 탄소배출권마저 장악하네
국회에서 법원에서 언론 교회 병원에서
정의 혁명, 선거 혁명, 혁명의 꽃놀이에 날 새우며
군자 현자 부자 건달 편당 짓고 담합하나니
악착같이 개선한다, 만인의 자유를 막연한 자유로
콕 집어 개혁한다, 노동조합연합을 근로실적증진회로
확실하게 혁명한다, 장애인연맹은 유약부랑자형제복지회로
기득권 철폐한다, 직장인기득권 노약자기득권 백

성기득권

　다단계 먹이사슬 뉴 네트워크 법제화에 이르렀도다

　정치 경제 행정 언론 종교 교육에 다단계 튼실히
구축하도다

　상처 없는 생명 없다 멀리서 보자, 시인은 여유의
미학 설파하면서

　선악 애증 경계 없는 비눗방울 형형색색 마구 날리
누나

　죄 지어도 두렵지 않는 혁명의 나팔소리 방방곡곡
울려퍼지네

　인간 수명 늘어난다고 하나 사는 날이 살 저미는 날

　수재(水災) 화재 산재 인재에 살아 있는 날이 아니
사는 날

　손발 비어 있건만 다시 또 비우라니, 맨살 벗기 일
상인 날

　천사는 지하에서 눈 내리깐 채 계산기 두들기고

　서로 남 먹으라, 불판 위에 남기던 고기 두어 점

　배고파도 매달아두던 까치밥 홍시 몇 점 문맹으로

밀려났네
　타고 난 것도 손에 쥔 것도 없는 얼뜨기들
　꼼지락거려 보건만 얻어 걸칠 일 없구나
　"할로 쪼꼬레또 할로 껌"
　US병사가 손에 쥐어준 혁명의 첫 시간
　애재라, 그때가 혁명의 끝자리였나?

　7. 웃기네

　미군 병사가 남기고 간 마을누나 성병에 세상을
뜨고
　누나의 동생, 초콜릿 조르던 친구는 청년에 이민
떠났네
　판단의 칼 기회의 뚜껑 하수구에서 녹슬고
　정의의 종 자유의 북 제멋에 울고불고 돌다 종적
감추네
　법은 법 밖에서 들락날락

사회는 사회 밖에서 반사회의 날을 벼리네

심장 없는 신문 방송 면피용 후릿그물질 날 새는
줄 모르고

고개 숙인 놈 고개 숙인 죄로 고개 들지 못할 때

고개 쳐든 놈들 머리 자랑 얼굴 자랑 피부 자랑 간
땡이 자랑

별유천지 비인간— 인간계에 사람 없고 반려견계
에 개가 없나니

무위진인(無位眞人) 놀아나던 시인들 놀라서 틀니
찾으러 더듬다가

저작(咀嚼)질 포기하고 물러나 시적 자율 뒤에 숨네

생일밥 제삿밥 동네방네 나누고 나면

땟거리 없이도 등 따시고 배부르던 시절 흘러갔네

한 이불에 도리뱅뱅 아홉 짝 발 함께 담고 체온 나
누던 형제자매

부양(扶養)문제 유산(遺産)문제로 산산조각 흩어
지고

뒷골목 비둘기 쓰레기 봉다리 뜯으며 도시민의 식

생 따르네

　방역마스크 목에 두른 까마귀 컵라면 빈 통을 파고
있네

　신(神)이 눈 멀었다는 사실을 먼저 알아차린 성직
자들은

　거대한 방주(方舟) 몰아 멀리 인간 밖을 맴돌고

　신이 계시다 믿는 얼뜨기들 제 가죽 벗어 제단의
향료를 짜네

　주먹 없는 건달들이 주먹으로 주름잡는 웃기는
세상

　혁명이여 무정하구나

　혁명하지 못 하는 자 혁명 바로 그대뿐이다

　개미떼 벌떼 쥐똥나무 은사시나무 이미 혁명을 이
루었나니

　자유여, 자유인 양 반죽거리지 마라

　장구애비 무당거미 말똥구리도 이미 자유를 이루
었나니

　자유롭지 않은 자 자유 그대뿐이다

얼뜨기들 눈 감고 귀 막고 입 지운 채

배운 바 복창한다

일하지 않는 자 더 먹으며 양심 비운 자 더욱 선량

하리라

8. 가면(假面) 세상

가면(假面)이로다

뱀 가면, 나무 가면, 사자 가면, 천사 가면, 용기의

가면

정의의 가면 쓴 정의의 가면

사랑의 가면 쓴 사랑의 가면

진실의 가면 쓰고 진실한 가면

맨얼굴인데 더께더께 맨얼굴 갖다 붙인 가면 맨

얼굴

자유를 독점하는 자 자유 민주 부르짖고

평등을 독점하는 자 공평사회 부르짖고

약탈을 일삼는 자 질서와 법치 부르짖나니

두꺼운 낯짝 몽롱한 말본새로

뱀 행세 나무 행세 사자 행세 천사 행세 정의의 기사 행세

코키오! D씨는 가면 벗은 본모습 더 찾으라 하고

N씨는 초인적인 변검(變臉)만이 무료(無聊)를 벗긴다 하고

F씨는 내면도 가면도 상처일 뿐이라 가면 벗지 못한다 하고

L씨는 주체라느니 양심이라느니 애초에 말짱 가면이요

나는 곧 남, 나는 없다는 가면 팔이를 하네

비닐로 땅을 덮고 손바닥으로 하늘 가리는 세상

입법 가면, 사법 가면, 행정 가면, 언론 가면

앞에서도 뒤에서도 보이지 않고 속살 파고드는 진드기 가면

가면을 벗은 말은 말을 감추고

가면을 벗은 정의는 정의를 내세우지 않고

가면을 벗은 사랑은 사랑을 말하지 않고
가면을 벗은 공평은 공평의 얼굴을 내지 않는다
해도
가면을 쓰고 듣는 세상, 겉말도 속말도 가면인 세상
가면 없는 나라에 관한 소문조차 담 넘어간 세상
가면 없는 세상으로 가는 말도 울리지 않는 세상
가면 벗은 뱀, 가면 벗은 나무 우리 함께 살았더
라는
전설조차 발을 감춘 가면의 세상
입맛이 가면, 몸매도 가면, 본심도 가면인 세상

9. 훈요(訓要)

사람이 밥이다
3대필수영양소에 앞서는 원천 영양원 인간
배고플 때 먹고 배부를 때 먹고
속풀이로 먹고 먹을수록 더 먹히는 완전건강기능

식품

　날로는 쫀득쫀득 구우면 겉 바싹 속 촉촉

　남의 입엣 도로 꺼내고 남의 손엣 도로 빼앗고

　인의예지신진선미 시대적 소명 사회적 양심 밑반
찬 깔고

　삼켜라 인간, 건위 보양 강장 식품

　생각 없이 앞장서고 사고 없이 판단하라

　케이스바이케이스, 몰라도 아는 척 알아도 모르
는 척

　케이스바이케이스, 굽힐 데 굽히고 밟을 데 더 밟고

　케이스바이케이스, 똥내도 향기롭다 향내 나도 똥
내 난다

　먹지 않고 사는 듯 입지 않고 사는 듯 청렴 광채 뿜
뿜 뿜으며

　안 되는 일 없단다 마음 놓고 즐기게 하되

　다음 생에도 다단계, 가진 순(順)으로 줄 설 것인즉

　밑에서 아래에서 놀게 밟아놓으라

　법이란 소수의 다수가 엮는 그물

진실되게 초지일관 진실을 멀리 하라

소수(小數)를 끌어들여 다수를 가두리하고

케이스바이케이스, 현실은 내가 갖고 환상은 남 주어라

능력껏 일하고 필요한 만큼 가지는 복지세상 외치다

복창하며 기어오를라치면 혁명이다! 싹 다 비우고 살라 하고

비워놓은 재화며 잔머리 낟가리 싹쓸이 쓸어 담아라

할 수 없는 일을 하고 쌓지 못할 산을 쌓아라

원천 영양원 인간, 갖고 놀다 먹고 데리고 놀다 삼키고

밑 닦는 데 쓰고 깔고 자는 데 쓰고 심심풀이 쥐어박는 데 쓰라

뒤돌아보지 마라, 돌아보면 돌이 되느니

10. 흐릿한 방

막 내리고 불 꺼진 방
흐리멍덩한 그 방으로 가는 문 아직 있을까?
바다가 먼저 젖은 자의 것이 아니듯
앞선 이 뒤선 이 없이 흐릿한 방
말이 먼저 뱉는 자의 것이 아니듯
주인 없고 등수(等數) 없는 방
새들의 노래가 새들만의 노래가 아니듯

집 지을 땅, 연명을 위한 곡식
주섬주섬 쓰는 대로 쓰다 어질러 놓는
얼뜨기들의 방
풀씨들 방향 없이 날다 저마다 자리 찾아 내리듯
셈 없이 공기 마셔도 시비에 말리지 않듯
춥지 않고 배고프지 않는 흐리멍덩한 방
넘어진 이 일어나고 잃은 이 잃은 만큼 되찾는 방

별빛 달빛 햇빛이 어두운 구석부터 찾아들 듯
별빛 달빛 햇빛이 방향 바꾸어가며 어둠을 녹여
내듯
얻은 이, 못 얻은 이 걸어온 길은 달라도
먹을거리 누울 자리 고루 갖춘 방
일 이루지 못하면 다른 일이 찾아와 꼬리치는 방

은행도 주식시장도 냉장고도 없는 방
절창도 음치도 말재주도 없는 얼뜨기들
바닥에 떨어지면 으샤샤 불기둥 되어 함께 일어나
는 방
춥고 배고픈 놈부터 들이는 따시고 배부른 방
불 꺼진 그 방 흐릿한 그 방 가는 문 아직 있을까?

높이 쌓기, 앞서 달리기, 환히 밝히기 흉이 되고
자연으로 내주기, 흐리멍덩하기 몸에 익은 방
하찮은 몸놀림이 신명으로 어우러져
둘이 셋이 되고 셋이 다섯 여섯이 되는

나와 너 사이 너와 그 사이
내가 있어도 나는 없고 내가 없어도 내가 엄연한 방
없음으로 확고한 흐릿한 그 방
불 꺼진 그 방으로 가는 문 남아 있을까?

11. 그날은 오지 않으리

그날은 오지 않으리
혁명이 혁명의 가면에 침을 뱉고
귓속마다 넘치는 이별의 노래, 이별에서 이별하
는 날
맨 아랫것들이 수십 미터 공중 농성장에서 내려와
노래하며 식탁으로 가 앉는 날
손톱으로 철제 사슬을 끊고 가슴으로 탄환을 막아
가상과 추상의 불을 끄는 그날, 그날은 오지 않으리
주먹 없는 얼뜨기, 건사한 건달이 되고
시인 축에 들지 못한 얼뜨기, 맑은 땀내 뿜는 시인

이 되어

　헛웃음 벗어던지고 줄타기 끼어들기 잔머리 벗어
던지고

　잡티 없이 껄껄껄, 속엣말 해대는 날

　아아, 사랑이 제 손으로 봉긋한 가슴을 추스르며

　정의가 처박아 두었던 놋그릇 호호 닦아 광을 내며

　가난이 슬프지 않고 외로움이 아프지 않고

　만나도, 아니 만나도 혼자라도 여럿으로 깨춤 추
는 날

　그날은 오지 않으리

　뱀과 뱀이 늘어져 햇볕에 찬 피 데우며 얼크러지고

　아침이면 나뭇가지에서 닭들이 꼬끼요, 먼동을 전
하는

　낮이면 참새 떼 이 집 저 집 소식 물어 나르는 날

　마당에는 소 돼지 사람 따라 다니며 등 쓸어달라고
조르는 날

　담장 없이 사는 주민들 아침저녁 빗자루 메고 나와

　못 들어도 인사 하고 안 보여도 구시렁구시렁 안부

전하는

　그날 다시는 오지 않으리

　위도 모르고 아래도 모르고 오른쪽 왼쪽 방위도 없이

　모르게 오고 모르고 놓치게 되리, 그러다 영영 오지 않으리

　## 12. 그래도 가네

　아직도 가고 있네, 길 없는 길

　손안의 청색광에 눈 문드러지고 이별의 노래에 귀 베인 채

　짓밟고도 규칙상 밟지 않은 척

　밟히고도 예의상 밟히지 않은 척

　폭력이 평화를 작동하고 불의가 정의를 작동하는 알고리즘

　억압이 자유를 작동하고 비겁을 변명하는 철학사

상 공유하며

　허영을 변명하는 문화예술 둘러쓰고

　발길질에 채여 굴러 가네

　병든 지구를 위해 약 쓰자 악을 쓰며 나는 빠지고

　지구가 폭발하면 화성 가서 살자 하고 나만 빠지고

　혁명? 미개의 잠꼬대, 비인간의 도로(徒勞)

　비바람에 바지춤 끌어 올려가면서 굴러 가네

　죽을둥살둥 산정으로 바위를 밀어 올리던 자 오래
전에 사라졌네

　마늘과 쑥으로 석 달 열흘 목숨 보듬던 자 사라졌네

　디지털 포렌식으로 내장 다 까밝혀도 눈물 보이지
않네

　거대한 바윗덩이에 깔리는 순간에도 묻지 않네 따
지지 않네

　미용실 도는 골목 길 우다다다 달려드는 배달 오
토바이

　아직도 서로 모르네

　양말 한 묶음에 5천원 혁명 한 두름 엮어 1천원

할인마트 옆 난전에 눈꺼풀 내려앉네
이름도 얼굴도 보이지 않네
입 지우고 눈 지우고 얼굴 지운 채 흘러들 가네

경험시와 역설

구모룡(문학평론가)

1. 경험시의 지평

경험이 사라지고 있다. 순간적으로 지각되다 스쳐 사라지는 일들로 점철된다. 도시의 삶이 그렇고 인터넷으로 연결된 사이버 공간의 접촉이 또한 그렇다. 진정한 경험이 자리하는 기억의 깊이가 보이지 않고 관광처럼 가벼운 형태로 소비되는 현상이 지배적이다. 이러한 가운데 경험의 시라는 개념이 약화하고 있다. 모든 경험을 상품을 소비하듯 만드는 자본주의 사회의 대낮에 우리가 살고 있기 때문인데 시에서 경험을 강조하는 일이 결코 예사로운 일은 아니다. 그 좌표가 언어적 감수성을 지향하는 과도함으로 인하여 오늘의 시 또한 미래파 논쟁을 겪었

듯이 특이한 언어 공학으로 소비되는 현상이 허다하다. 물론 상상력이나 무의식과 환상이 현실을 넘어서는 동력이 된다는 사실을 간과하지 않아야 하지만 경험의 시가 줄어들고 있는 현상은 사실이다.

신진 시인은 경험을 강조하는 시인이다. 따로 그의 시를 '경험시'로 자리매김하는 일도 가능하겠다. 이는 그가 쓴 시에 관한 시(meta-poem)인 「시 쓰지 마라」, 「개 같은 시」, 「허접쓰레기」 등에서 잘 드러나며 특히 「시 쓰지 마라」는 그의 시관을 대표한다. 시인의 시론에 해당하고 시적 지향을 잘 알려준다.

> 시 쓰려거든/시 쓰지 마라//시는 이미/사방에 널려 있다//시를 쓰노라면/시를 날리고 마느니//시를 쓰겠다면 시를 버려야 하고/시를 만나자면 시를 잊어야 한다//지우고 잊고 잃은 시는/눈비 맞고 눈총 맞으며/맨발로 물 위를 걷는 소금쟁이가 되고/허공에 집터를 보는 거미가 되고/어른의 여문 손아귀를 펴고 녹이는/조막손 되고 꽃잎이 되고//드디어는/흘러가는/한 줄 문장으로/천지간 빨래줄 모양 널릴 것이니//시 쓰지 마라/시를 구하려거든/세상천지 시는 이미 널려 있다
> (「시 쓰지 마라」 전문)

"시 쓰려거든/시 쓰지 마라"라는 이 시편의 첫 구절은 모순어법일까, 아니면 역설일까? 앞의 '시'와 뒤의 '시'가 다른 지향을 지닌다면 해석은 단순해지는데, 이어지는 "시는 이미/사방에 널려 있다"라는 진술에서 답을 구할 수 있다. 그러니 억지로 시를 구할 필요가 없다는 의미를 지닌다. 일찍이 이러한 입장은 선시론(先詩論)의 계승이다. 동아시아 시론의 오랜 전통과 맥이 닿아 있는 이것은, 천지에 이미 시가 미만하며(先詩) 시인은 이를 나타낼 뿐(後詩)이라는 의미를 내포한다. 한편으로 이는 서구의 낭만주의가 주창한 '감정의 자발적 유로'처럼 보이지만, 그와 달리 감정의 차원을 넘어선다. 이보다 시인과 자연 사물과의 연관성의 인식이라는 차원이 존재한다. 후시를 기다리지 못하고 "시를 쓰노라면/시를 날리고" 마는 일이 된다. 그렇다면 기다리는 사람은 누구나 시인이 되는가? 그렇지 않다. 문제는 기다림의 방식인데 그저 시간을 보내는 일을 의미하지 않으며 정진과 수행의 과정을 지시한다. 하지만 대다수 사람처럼 일반적으로 시인들도 기다리고 싶어 하지 않는다. 이 점을 "시를 쓰겠다면 시를 버려야 하고/시를 만나자면 시를 잊어야 한다"라는 경구를 통하여 경계하고 있다. 기존의 시를 버리고 잊고 기다리는 속에서 "지우고 잊고 잃은 시"가 발현하는데 이 과정은 이어지는 진술에서 매우 구체적인 현상으로 서술되고 있다. 어떤 의미에서 '수동적 자발성'으로도 이해될 수도 있을 이 과정은 생동하는 사물과 호응하는 삶이 시가 될 수 있음을 말한다. 이렇게 하여 시적 화자는 수미상응으로 "시 쓰지 마라/시를 구하려거든/세상천지 시는 이미 널려 있다"라고 진술하면서 시가 삶의 양식이며 자연 사물과 조응하는 과정임을 다시 강조한다. 「시 쓰지 마라」에서 밝힌 시인의 시관은 「개 같은 시」와 「허접쓰레기」를 통하여 다시 구체적 진술을 얻는다. "AI 챗 견종/그런 시들이 넘쳐나고 있다"라고 우려하면서 "철저마침(鐵杵磨針) 촌철살인(寸鐵殺人) 가상 진검/놀고 자빠지고 처박고 미끄러지는 환상언어의/신통방통한 시가 녹내장의 눈을 반짝거리고 있다"라고 비판한다. 언어 조련과 세공, 유희와 환상의 시를 "녹내장의 눈"이라고 말함으로써 삶의 진실을 바로 보지 못하고 있음을 지적한다. 이는 "나는 개가 보고 싶다"라는 갈망으로 이어지는데, 여기에 등장하는 "개"는 "반가우면 달려들어 남의 옷 다 버려놓는 개새끼"라는 구절처럼 자발적인 생명의 의욕으로 만나는 존재를 뜻하며 시적 화자는 "그런 개 같은 시"를 희구한다. 앞에서 말한 대로 시인이 생명의 연관성에 기반

한 경험의 시를 지향하고 있음을 뜻한다. 이는 「허접쓰레기」에서 "신지 않은 채/이사만 따라다닌 오래된 신발"은 "가질 것 없고 부러운 것 없는 허접쓰레기"에 불과하다는 시적 생애의 감각으로 나타난다. 시는 가장 구체적인 삶의 과정이며 그 경험의 표현이라는 입장이다.

2. 난폭한 세계와 시적 전망

「초짜 전문 마을」은 시인의 시적 원천을 알려줄 뿐만 아니라 삶의 지향과 세계 인식을 이해하게 하는 주요한 시편이다. 이 시편에서 시적 화자는 "기술자" 사회를 비판하고 "초짜" 사회를 옹호한다. 못을 잘 박는 "기술자"는 유능하지만, 기술이 지배하는 사회는 사람의 '자발적 복종'(에티엔느 드 라 보에티가 말한)을 초래하여 "희망은 잘리고 분노는 말라붙는다". 3연은 이렇게 말한다.: "세상살이에도 못 박는 기술자들이 있다 누군가의 어깨 누군가의 발걸음 누군가의 심장 안에 들키지 않고 못을 박는다 기술자가 박아놓은 못의 지시에 따라 사람들은 구르고 비틀거리며 찌그러진 채 살아간다 그 꼴이 살아가며 지켜야 할 도리인 줄 안다". "기술자"와 달리 "초짜"는 "못 뽑기 상책으로 여기며" "못을 뽑는다". 이처럼 "기술자"와 "초짜"는 못을 박고 못을 빼는 차이를 지니며 각각 지배와 해방, 구속과 자유라는 사회적 가치를 지향한다. 그런데 시적 화자는 마지막 6연에서 "우리 고향에 가면 있다 초짜들의 못 뽑는 마을, 아침저녁 뽑을 못 없나 남의 이마 뒤지고 남의 가슴 살피며 살아가는 마을—굽은 등 일일이 펴고 쪼그라들었던 허리어깨 햇볕 받고 늘어진 마을, 저기 저기 초짜 전문 마을이 있다 서로서로 박힌 못 뽑아 햇살 부어주는 재미로 사는"이라고 진술하면서 시적 원천인 "고향"의 풍경을 제시하고 있다. 그런데 이는 단순한 추억의 대상이 아니다. 시인은 외부의 힘이 강제하는 기술 사회에 대응하여 자발적인 협동으로 살아가는 공생공락(共生共樂) 사회를 마음에 품고 있는데 이를 시적 아나키즘에 비견할 수 있겠다. 이처럼 「초짜 전문 마을」은 예사롭지 않은 시편이다. 이는 한편으로 시적 비전을 제시하며 다른 한편으로 장시 「혁명본색」을 구성하는 벡터를 보여준다.

　「혁명본색」은 12장으로 구성된 장시이며 신진 시인이 난폭한 현실을 비판하고 풍자하며 시와 시인의 위치를 반성하고 마침내 '비관할 수 없는 희망'을 감추지 않으려 한 역작이다. 이 한 편의 장시를 통하여 그는 인간상과 세계관, 현실 인식과 미래 전망 등의 문제를 두루 서술하고 있다. 먼저 시적 화자는 1장 「거리」에서 원체험으로 "처음 만난 혁명의 불꽃"이라는 유년의 기억을 회상한다. "미군 매형에게 초콜릿을 조르던/동네 친구의 아슬아슬한 평화"라는 외적 호명의 본색을 자각하는 일과 연관한다. 그러나 우리가 사는 사회는 세계의 지배 속에서 "산만한" "거대한 바위"의 위험에 여전히 내몰린다. "양말 한 묶음에 5천원 혁명 한 두름 1천원"이라는 진술처럼 이미 '혁명'조차 상품으로 전락한 현실에서 회의와 비관을 벗어나기 힘들다. 2장 「결실」이 말하듯이 혁명, 진실, 양심, 자유, 정의, 병, 신 등의 말들이 그 바른 의미를 상실한 사태인데 시인마저 "풀벌레 우는 소리에 죽은 척 엎드렸다가/때맞춰 별유천지비인간 명시 명창 영원의 나발"을 부는 형국이다. 외부를 비판하고 내부를 풍자하는 양날을 견주나 현실은 가망없는 나락으로 기울어 "눈물 없는 슬픔"과 "분노 없는 침묵" 속에서 "종소리 맞추어 종의 행렬 따르는 얼뜨기들"의 자발적 복종과 예속의 행진이 계속된다. 이와 같은 "얼뜨기들"의 표정은 3장 「내실」에서 더욱 뚜렷하다. "노력하면 못 될 거 없다"라는 이데올로기에 현혹된 "기울어진 운동장에서 얼뜨기들"은 "사방으로 머리 조아리며 못 갖춘 죄 반성하고/모다 팔자소관이요, 공수래공수거요/인생 즐거웠다 소풍 잘 다녔다 내실 기하는 얼뜨기들"의 모습이다. 체념과 복종 그리고 자기합리화에 익숙한 민중의 얼굴인데 4장 「건달 세상」의 시적 화자는 시인이나 학자, 법률가나 정치지도자들 모두 "미제 뜬구름 중국제 황사구름으로 요령 치며 길을 잡는데"서 벗어나지 못하는 "건달들의 세상"이 되었다고 통탄한다. 여기서 "요령"이라는 비유에 주목하지 않을 수 없다. "요령 따르던 얼뜨기들"의 한편에 "무엇이든 하면 다 이루어지는 건달들의 세상"이 되었는데 모두 체제와 제도 그리고 이데올로기에 예속된 삶을 영위한다. 이러한 사태에 직면하여 "동치미 무씹고 국물 넘기며 볼살 올리던 추억/동지섣달 한 이불 밑에서 발끝으로 서로의 체온을 재던/배고파도 배고픈 줄 모르던 시절 찾을 길 없네"라는 향수와 상실의 감정이 커진다. 물론 이러한 감정은 회의적 현실과 단절의 골을 깊게 하며 서정적 비전의 바탕을 이루는 비극적 감성을 강화한다. "해악 크게 입힐수록 복 받는 세월"이라는 구절로 시작하는 5장 「외로워도 그립지 않고」에서 시적 화자는 세계에 관한 환멸에서 비롯하는 노스탤지어를 매우 절실하고 돌올하게 표출한다.

> 사라졌구나, 내기 없이 즐거웠던 자치기, 점수 없는 무반주 노래/샅바 없이도 하하 헤헤, 온종일 땀 흘리던 민둥씨름/속 빌수록 자랑 되던 엿치기 사라졌구나/우리가 가득 들었던 우리 집 어디로 갔나?/뭉근히 익어가는 화롯불에 함께 익던 형 동생 누이의 숨기척/없다, 빛깔도 냄새도 남지 않았다

이처럼 시적 화자는 진정성의 경험과 감각이 사라지고 "허상"으로 남은 세계를 통탄한다. "그리움도 외로움도 길이 들어서/외로워도 그립지 않고 그리워도 외롭지" 않은 타자화된 삶 속에서 환상을 좇는 "떨거지"와 "얼뜨기"가 되어버린 현실이다. 사회와 가족에 이르기까지 공동체적 희망이 사라졌다는 생각이다. 이러한 현실에서 6장 「혁명의 나팔소리」는 그 결구에서 "US병사가 손에 쥐어준 혁명의 첫 시간/애재라, 그때가 혁명의 끝자리였나?"라고 혁명의 원초적 시발을 떠올리고 있다. 하지만 "죄 지어도 두렵지 않는 혁명의 나팔소리 방방곡곡 울려퍼지네"라는 진술이 말하듯이 장시 「혁명본색」의 주조는 실존

적 수준이든 세계 차원이든 진정한 혁명의 불가능성을 서술하고 있다. "미중일러"로 둘러싸인 지정학과 지경학이 그렇고 "정치 경제 행정 언론 종교 교육에 다단계 튼실히 구축"하는 현실이 또한 그렇다. 이러한 가운데 "시인은 여유의 미학 설파하면서/선악 애증 경계 없는 비눗방울 형형색색 마구" 날리고 있는 형편이다. 따라서 시적 화자에게 "혁명의 나팔소리"는 혁명 본색을 말살하고 반혁명을 공고히 하는 세계의 의지를 표상한다. 따라서 풍자와 비판으로 세상을 교정하려는 태도는 회의주의와 비관주의에 비례하여 냉소와 환멸로 귀결한다. 7장 「웃기네」의 시적 화자는 "판단의 칼 기회의 뚜껑 하수구에서 녹슬고/정의의 종 자유의 북 제멋에 울고불고 돌다 종적 감추네"라고 하면서 더 이상 "혁명하지 못하는" 사회와 개인, 성직자와 시인을 비판하는 한편 "주먹 없는 건달들이 주먹으로 주름잡는 웃기는 세상"이 되었음을 탄식한다.

혁명이여 무정하구나/혁명하지 못 하는 자 혁명 바로 그대뿐이다/개미떼 벌떼 쥐똥나무 은사시나무 이미 혁명을 이루었나니/자유여, 자유인 양 반죽거리지 마라/장구애비 무당거미 말똥구리도 이미 자유를 이

루었나니/자유롭지 않은 자 자유 그대뿐이다/얼뜨기
들 눈 감고 귀 막고 입 지운 채/배운 바 복창한다/일하
지 않는 자 더 먹으며 양심 비운 자 더욱 선량하리라

이처럼 시적 화자는 인간의 세계에 전면적으로 회
의적이다. 인간이 자연의 자발성에 조금도 다가가고
있지 못하다고 진단한다. 진정한 자유와 양심을 상
실하였으니 8장 「가면 세상」이 말하듯이 가면의 세
상이 도래하였을 뿐이다. 온통 진정성이 사라진 인
간상과 세계상을 제시하고 있으므로 시인의 회의주
의가 극한에 이르렀음을 알기 어렵지 않다. 따라서
"사람이 밥이다"라고 시작하는 9장 「훈요」는 장시
「혁명본색」의 정점에 해당한다. 희망 없는 혹은 혁명
없는 세계에서 살아가는 방식의 가르침인 훈요(訓要)
를 서술하고 있다. "다음 생에도 다단계, 가진 순으로
줄 설 것인즉/밑에서 아래에서 놀게 밟아놓으라"라
는 진술처럼 현존의 인간상에 드리운 환멸의 정조가
심각하다. 그래서 시인의 비관주의는 다음처럼 단호
하다.

법이란 소수의 다수가 엮는 그물/진실되게 초지일
관 진실을 멀리 하라/소수(小數)를 끌어들여 다수를

가두리하고/케이스바이케이스, 현실은 내가 갖고 환
상은 남 주어라/능력껏 일하고 필요한 만큼 가지는 복
지세상 외치다/복창하며 기어오를라치면 혁명이다!
싹 다 비우고 살라 하고/비워놓은 재화며 잔머리 날가
리 싹쓸이 쓸어 담아라/할 수 없는 일을 하고 쌓지 못
할 산을 쌓아라/원천 영양원 인간, 갖고 놀다 먹고 데
리고 놀다 삼키고/밑 닦는 데 쓰고 깔고 자는 데 쓰고
심심풀이 쥐어박는 데 쓰라/뒤돌아보지 마라, 돌아보
면 돌이 되느니

　인용에서 우리는 "복창하며 기어오를라치면 혁명
이다! 싹 다 비우고 살라 하고"라는 구절을 만난다.
"혁명"이라는 말의 쓰임새가 그 바른 의미를 잃고 복
종 혹은 예속의 알리바이로 회수되었음을 알 수 있
다. 미래라는 희망이 없으므로 시적 화자는 "뒤돌아
보지 마라, 돌아보면 돌이 되느니"라고 말한다. 그렇
지만 상실과 노스탤지어는 서로 비등한다. 환멸은
환상이 사라지면서 시작하고 진부한 낙관주의는 희
망 없음을 대변한다. 오히려 비관주의는 희망의 잔
상을 품게 마련이다. 10장 「흐릿한 방」은 "막 내리고
불 꺼진 방/흐리멍덩한 그 방으로 가는 문 아직 있을
까?"라고 진술하면서 희망의 흔적을 환기한다. 에른

스트 블로흐에 의하면 희망은 '아직은 아니다'라는 문법을 지닌다. 여기서 시적 화자가 말하는 "그 방"은 "바다가 먼저 젖은 자의 것이 아니듯" "새들의 노래가 새들만의 노래가 아니듯" 소유와 등수가 매겨지기 이전 모두의 방이다. 앞서 자발적으로 복종하고 모든 제도를 경배하던 "얼뜨기"는 여기에서 무소유의 자유를 누리는 존재로 그려진다. 인간이 만든 종교, 체제, 시장, 사회에 예속된 사람이 아니라 자연의 자발성과 함께하는 행위자이다. 그러니까 "흐릿한 방"은 소위 자발적 삶의 자유가 가능한 공동체의 잔영이다. 지금은 사라진 이 장소는 "풀씨들 방향 없이 날다 저마다 자리 찾아 내리듯/셈 없이 공기 마셔도 시비에 말리지 않듯/춥지 않고 배고프지 않는 흐리멍덩한 방/넘어진 이 일어나고 잃은 이 잃은 만큼 되찾는 방"이다. 공산과 공생이 모두 가능한 일종의 유토피아의 이미지를 내포하며 "별빛 달빛 햇빛이 어두운 구석부터 찾아들 듯/별빛 달빛 햇빛이 방향 바꾸어가며 어둠을 녹여내듯/얻은 이, 못 얻은 이 걸어온 길은 달라도/먹을거리 누울 자리 고루 갖춘 방/일 이루지 못하면 다른 일이 찾아와 꼬리치는 방"이라는 표현으로 이어진다.

은행도 주식시장도 냉장고도 없는 방/절창도 음치도 말재주도 없는 얼뜨기들/바닥에 떨어지면 으샤샤 불기둥 되어 함께 일어나는 방/춥고 배고픈 놈부터 들이는 따시고 배부른 방/불 꺼진 그 방 흐릿한 그 방 가는 문 아직 있을까?//높이 쌓기, 앞서 달리기, 환히 밝히기 흉이 되고/자연으로 내주기, 흐리멍덩하기 몸에 익은 방/하찮은 몸놀림이 신명으로 어우러져/둘이 셋이 되고 셋이 다섯 여섯이 되는/나와 너 사이 너와 그 사이/내가 있어도 나는 없고 내가 없어도 내가 엄연한 방/없음으로 확고한 흐릿한 그 방/불 꺼진 그 방으로 가는 문 남아 있을까?

여기에서 시적 화자는 본디 "얼뜨기들"의 모습을 보여준다. 그들은 자본과 문명이 세계를 지배하기 이전에 평등하고 서로 돕고 배려하고 환대하는 인간상에 상응한다. 지금은 그들이 형성한 자발적 공동체는 사라지고 다만 "불 꺼진 그 방 흐릿한 그 방"으로 흔적과 잔상으로 남아 있을 뿐인데 시적 화자는 "그 방 가는 문 아직 있을까?"라고 거듭 묻는다. 또한 축적과 경쟁 그리고 발전을 비판하고 자연과 더불어 사는 신명과 생성의 공유 사회의 염원인 "그 방으로 가는 문 남아 있을까?"라도 다시 물음을 반복한다.

단순한 상실의 표현이 아니라 시인이 말하고자 하는 '혁명본색'의 자리임에 틀림이 없다. 하지만 11장 「그날은 오지 않으리」가 말하고 있듯이 기억 저편에 있는 "그 방으로 가는 문"은 쉽게 찾아지지 않는다. "혁명이 혁명의 가면에 침을 뱉고/귓속마다 넘치는 이별의 노래, 이별에서 이별하는 날/맨 아랫것들이 수십 미터 공중 농성장에서 내려와/노래하며 식탁으로 가 앉는 날/손톱으로 철제 사슬을 끊고 가슴으로 탄환을 막아/가상과 추상의 불을 끄는 그날, 그날은 오지 않으리"라고 생각하기 때문이다. 이는 혁명의 불가능성에 관한 시인의 확증이 아니라 그에 관한 절망의 표현이다. 이는 11장이 "그날은 오지 않으리"를 여러 차례 되풀이하면서 마침내 "그날 다시는 오지 않으리/위도 모르고 아래도 모르고 오른쪽 왼쪽 방위도 없이/모르게 오고 모르고 놓치게 되리, 그러다 영영 오지 않으리"라고 결구를 배치하고 있는 데서 잘 알 수 있다. 시적 화자는 점차 고조하는 염원과 더불어 절망의 정동을 동시에 드러내면서 그 심중에 내재한 "혁명의 불꽃"(1장 「거리」에서)이 여전함을 강렬한 울림으로 전달한다.

주먹 없는 얼뜨기, 건사한 건달이 되고/시인 축에

들지 못한 얼뜨기, 맑은 땀내 뿜는 시인이 되어/헛웃음 벗어던지고 줄타기 끼어들기 잔머리 벗어던지고/잡티 없이 껄껄껄, 속엣말 해대는 날/아아, 사랑이 제 손으로 봉긋한 가슴을 추스르며/정의가 처박아 두었던 놋그릇 호호 닦아 광을 내며/가난이 슬프지 않고 외로움이 아프지 않고/만나도, 아니 만나도 혼자라도 여럿으로 깨춤 추는 날/그날은 오지 않으리/뱀과 뱀이 늘어져 햇볕에 찬 피 데우며 얼크러지고/아침이면 나뭇가지에서 닭들이 꼬끼요, 먼동을 전하는/낮이면 참새 떼 이 집 저 집 소식 물어 나르는 날/마당에는 소 돼지 사람 따라 다니며 등 쓸어달라고 조르는 날/담장 없이 사는 주민들 아침저녁 빗자루 메고 나와/못 들어도 인사 하고 안 보여도 구시렁구시렁 안부 전하는/그날 다시는 오지 않으리/위도 모르고 아래도 모르고 오른쪽 왼쪽 방위도 없이/모르게 오고 모르고 놓치게 되리, 그러다 영영 오지 않으리

이처럼 시적 화자는 시인도 사람도 모두 본디의 진실을 회복하고 진정한 관계를 통하여 사랑이 흐르고 정의가 빛나며 "가난이 슬프지 않고 외로움이 아프지" 않는 세계를 염원한다. 또한 인간과 동물과 자연 사물이 한데 어우러져 서로 공생하며 공략하는

공동체에 대한 그리움이 선연하다. 유년의 추억에서 발원한 원초적 경험의 장소는 그 저편의 사라진 세계에 대한 갈망으로 번져나 시인의 주요한 시적 비전으로 생성한다. 마침내 12장 「그래도 가네」에 당도한 장시 「혁명본색」은 "아직도 가고 있네, 길 없는 길"이라는 첫 행에 도착한다. 절망 속에서 희망의 조짐들을 읽으면서 그 출구를 찾으려는 저간의 시적 발화 과정을 여기서 결산하고 있는 셈이다. 그러니까 '아직은 아니다'라는 희망의 문법에 여전하게 시적 비전을 걸고 있는 형편이다. 시인은 공들여 쓴 장시 「혁명본색」을 통하여 에른스트 블로흐가 '농민의 도(道)'라고 부른 단순함에 상응하는 유토피아를 이끌어 내고 있다. 물론 이와 같은 자기 이상과 충족이 실현되리라는 순진한 낭만주의를 말하고 있지 않다. 오히려 시인은 자본주의 사회의 미래 없는 암울한 풍경을 마지막까지 전경화한다. 시적 화자는 "폭력이 평화를 작동하고 불의가 정의를 작동하는 알고리즘/억압이 자유를 작동하고 비겁을 변명하는 철학사상 공유하며/허영을 변명하는 문화예술 둘러쓰고/발길질에 채여 굴러 가네/병든 지구를 위해 약 쓰자 악을 쓰며 나는 빠지고/지구가 폭발하면 화성 가서 살자 하고 나만 빠지고/혁명? 미개의 잠꼬대, 비

인간의 도로(徒勞)"라고 폭력과 억압, 이데올로기와 환상이 지배하며 "병든 지구"의 위기가 가중하는 현실에서 "혁명"이 "미개의 잠꼬대, 비인간의 도로"가 되고 있음을 직시하고 있다. 마침내 1장에서 선을 보인 "양말 한 묶음에 5천원 혁명 한 두름 1천원"이라는 구절을 수미상응의 형식으로 제시함으로써 시장이 신이 된 자본주의 세계에서 "혁명"이 처한 초라한 형국을 정직하게 그려놓고 있다.

3. 삶의 양식과 노경(老境)의 역설

확실히 「혁명본색」은 시인이 공력을 기울여 존재의 감각을 드러내고 자기의 위치를 정립한 장편이다. 경험시를 추구하는 그의 입장을 온전하게 표출하는 시적 비전과 세계 인식을 제시하였다고 생각한다. 이처럼 그가 쓴 낱낱의 시편들은 경험적인 삶의 양식과 태도를 전달한다. 가령 「길을 잃고 헤매었던 이」는 그의 경험시가 지향하는 바를 잘 보여주고 있다.

산속에서 길을 잃고 헤매었던 이/차후에는 산 기운

떨쳐낼 수 없으리/가슴속에 산맥이 들앉은 까닭에//
바다 물밑에서 길을 찾아 기어 본 이/차후에는 그 숨
결 잊을 수 없으리/몸 안에 바다 속살 출렁거리는 까
닭에//사람에 빠져 길을 잃고 헤매었던 이/차후에는
그 신열 떨쳐낼 수 없으리/곳마다 그 사람, 미리 와 있
는 까닭에 (「길을 잃고 헤매었던 이」 전문)

　달리 해석이 필요 없을 만큼 외부의 경험이 내부의
가치로 자리하는 과정을 예거하고 있다. "산속에서
길을 잃고 헤매었던 이"와 "바다 물밑에서 길을 찾아
기어 본 이", 그리고 "사람에 빠져 길을 잃고 헤매었
던 이"는 "산 기운"과 "숨결"과 "신열"이 체화하여 새
로운 삶으로 생성한다는 말이다. 단순한 진술로 보
이나 삶에서 방황과 배회, 생존과 몰입의 경험이 생
의 변화를 이끌고 있음을 분명하게 드러내고 있다.
이러한 입장에서 사물과 교응하는 시인의 태도가 민
활하다. 사소한 일상이든 심각한 사건이든 섬세의
정신으로 생을 감각하고 사유한다. 「봄 걱정」처럼
"기침이 열흘을 넘긴" "아내"와 "광화문 이순신장군
동상 주변을 점령"한 "태극기부대" 그리고 황사가 심
하여 "개집 단속"을 해야 하는 사정 등이 일상의 염
려로 드러나는 한편 「결장암 수술대 위의 홍매」와 같

이 "수술용 침대" 위의 힘겨운 사태에서 "홍매"를 떠올리며 삶의 환희를 생각하는 데 이르러 경험의 심연을 표출한다. 특히 후자에 있어서 "30년 전에 죽은 원광", "먹을 갈며 세상을 지우던 승려시인"이 그리던 "홍매"를 기억 속에서 건져 올려 자기의 삶을 반추하는 과정은 장관이다. "부질없는 분간 놀이"에 불과한 삶이 아니라 "이리저리 흩날리는 한 잎 한 잎 거대한 꽃잎"으로 연기(緣起)하는 생명의 아름다움이 선명하다. 이처럼 시인은 경험의 사건을 삶의 양식으로 표현하는 시학을 지속한다.

장시 「혁명본색」은 생의 자발성과 평등의 관계에 관한 시인의 입장을 매우 구체적인 서술 과정을 통하여 뚜렷하게 보여주고 있는데 이는 여러 시편에서 반영되고 있다. 예를 들어 「속삭임—밟히지 마」는 자발적 예속에 대한 저항의 의미를 두루 진술한다. "예쁘다는 말", "착하다는 말", "부드러운 말에 밟히지" 말고 "감사하는 마음 긍정적 사고/통 큰 말, 따신 말에 밟히지 마"라고 한다. 또한 "포옹에 밟히지 마, 침묵에 밟히지 마"라고 하는 한편 "들풀처럼 일어나고 또 일어나라는/속삭임에 밟히지 마, 바람에 밟히지 마"라고 한다. 다분히 김수영의 「풀」을 연상하게 하는 대목인데 의미의 두께를 더한다. 마침내 시적 화자는 "칼자루 쥔 쪽은 언제나 저쪽/밟힐지라도 응?/지금은 지금만은 밟히지 마"라고 진술하면서 진정한 자발성의 거처를 상기한다. 그래서 시인은 "여기는/보이는 대로 보고/들리는 대로 듣고/보고 들은 대로 나서는 이 수두룩 넘쳐나는 세상/소리 질러요 당당하게 부디"(「소리 질러요—어느 모녀의 죽음에 붙여」에서)라고 요청한다. 이와 같이 생명이 지닌 자유와 저항은 「기러기와 오리」에서 "평안이란 고통의 순간에" 깃든다는 맥락으로 변주한다. 나아가 아래로 초월하는 수평의 가치와 만나면서 그 의미가 증폭한다. 예를 들어 「엄광산 소나무의 안목」은 "아랫것들의 땀에 전 조각하늘이/광대한 천공(天空)보다 깊고 높습니다/알고 보면 아래는 위의 거룩한 모태"라는 구절을 얻고 있다. 「수평잡기」는 "위아래/높이를 맞추어가며" 흐르는 강의 "수평잡기"를 예찬하며 「시소」는 "평형"의 이치를 말하면서 "일단 몸을 불린 인간은 사람 반가운 줄 모르고/평형장애로 하여/수평잡기를 못한다는 사실을" 말하고 있다. 이와 같은 시인의 수평 의식은 「못 걷는 슬픔을 지날 때」에서 매우 직절하고 간절하다.

걷지 못하고 나앉아 있는 슬픔을 지날 때에는/걷는

슬픔이여 너도 잠시 멈추었다 가라/너도 슬픔이고/못
걷는 슬픔이었지 않느냐?//못 걷는 슬픔에게 예를 갖
춘다 해서/금세 일어나 걷기야 하겠냐마는/지나가던
슬픔이 걸음 멈추고 다독이는 동안/그도 매무새 추스
를 수 있을 것이니//이이나 저이나/슬픔은 슬픔끼리
영판 닮지 않았더냐/같은 체온/같은 맥박/한통속 사
연//언제 비 오지 않는 날 있더냐/아침결에 한 식구/서
로 얼굴 살핀 후에 제가끔 길을 나서듯/걷는 슬픔이여
못 걷는 슬픔을 지날 때에는/잠시 등짝 다독이며 얼굴
살피고 가라//비 맞지 않는 자 어디 있더냐/슬픔이 슬
픔을 잊지 않고 우산그늘 나눌 때/못 걷는 슬픔도 멈
춤/다음 동작을 기억하려니 (「못 걷는 슬픔을 지날 때」
전문)

어떤 의미에서 시인의 존재 감각은 슬픔과 고통의
정동에서 비롯한다. 사람과 사물을 만나면서 조응하
고 공감하는 시적 태도에서 슬픔만큼 중요한 저류는
없다. 타자의 고통을 함께 느끼는 데서 앞서 말한 자
발성과 수평 의식은 연대와 공동체적 자유로 이어
진다. 곧 시인이 말한 "혁명본색"의 자리이다. 인용
한 시편은 마지막 연에서 "비 맞지 않는 자 어디 있더
냐"라고 물으면서 "슬픔이 슬픔을 잊지 않고 우산그

늘 나눌 때" "못 걷는 슬픔도 멈춤/다음 동작을 기억하려니"라고 진술하면서 공감과 공존의 삶을 의도한다. 이러한 의도는 시인이 노경(老境)의 양식으로 전화하는 가운데 시적 확장으로 이어지는데 「오른손잡이의 오류」는 그 마지막 연에서 "교육도 단련도 소용없는 노년에 이르니/오른팔도 오른팔대로 왼팔의 종질이나 하고 살았다 주장하네/오른팔 오른손가락 왼쪽 것보다 먼저 아리고 쑤셔대나니/왼손이 연고 발라주지 않으면 잠도 들지 못하는 처지 되었네/압박과 단련 끝에 다다른 오류의 경지, 오른손잡이"라고 말함으로써 공존과 평등의 생명 가치를 다시 환기한다. 물론 시인이 말하고자 하는 삶의 자발성과 공존과 공락의 지향은 그저 노래하는 이상만 아니다. 장시 「혁명본색」에 흐르는 주조음이 회의주의와 비관주의이듯이 이는 「복 많았네」나 「가젤의 낙원」처럼 후회와 회한을 동반하는 자기(self)의 이루지 못한 꿈에 가깝다. 그래서 시인의 노경은 거듭하는 자기의 감각과 더불어 역설의 문법을 동반한다.

비우고 산다는 말, 분에 넘는 수사(修辭)이다/정작 비워내고 나면 제풀에 앉고 서기나 하랴//애써 버리고 비우고자 한들/심지 없는 램프불이 불이 아니듯/탄력 잃은 고무줄이 고무줄이 아니듯/숨탄것 숨통인 이상 마냥 비워지지는 않으리//나무는 가진 잎 다 떨어낸 겨울에사 몸빛 밝힌다지만/발가벗은 나목이라야 나무이든가/벋을 데 벋고 맺을 데 맺은 여름의 성장(盛裝)/온갖 잡벌레 먹고 싼 세월이 나무의 면목인 것을//비우지 마라, 그득 찬 미혹과 허세/쏟아놓다 남의 길 막이나 될라/미련도 허물도 안고 구르다 보면/물 내도 분(糞) 내도 구색 맞춰 헤살대며 다가올 것인즉//냄새 맡은 콧등마다 건네 오던 피난민 동네 부침개 조각/숨죽이며 귀 기울이던 옆집 폐결핵 소녀의 잔기침 소리/으쌰, 으쌰, 정성 다해 내려주던 막노동판 흙 내리기/숨탄것들 숨길이사 마냥 버려질소냐/묵힌 채소밭 뜻밖의 노오란 봄동꽃 모양/남몰래 혼자 불 붙여 든 찔레꽃 하얀 등잔 모양/희붐하게 제 둘레만 밝힌들 꿀리지 않고 당당하리//비운 채 살기란 숨길 밖 오기, 산 사람 몫은 아니다/살아있는 시간이란 가다가도 들고 나다가도 드는 마당/미혹도 허세도 제풀에 맡기고 살다 보면/새 볕에 새 풀 먹이는 뒷마당 바지랑대로 오롯할 터//딸려오는 찔레넝쿨, 마음에 서리담긴 봄동 꽃 화롯불 삼아/어디, 현관문 잠그지 말고 살아볼지라/이웃 발길 조심 없이 드나들게끔 (「비우지 마라」 전문)

이 시편은 추억을 환기하면서 생의 인식과 노년의 양식을 "비우지 마라"라는 자기 명령을 통하여 견결하게 제시하고 있다. 첫머리에서 "비우고 산다는 말"이 수사에 불과하므로 이를 거부하고 삶의 구체를 직면하는 태도를 분명하게 천명한다. 그렇다고 채움을 옹호하자는 발상이 아니기에 경험의 발현을 강조하는 기왕의 맥락과 궤를 같이한다. "온갖 잡벌레 먹고 싼 세월이 나무의 면목"이듯이 꾸밈없는 표정과 가식 없는 얼굴로 분별없는 삶을 말하겠다는 의지의 발로인데 4연에서 "미련도 허물도 안고 구르다 보면/물 내도 분 내도 구색 맞춰 헤살대며 다가" 온다는 시인의 생관(生觀)이 돌올하다. 이처럼 시인은 이 시편을 통하여 경험의 구체적인 적층이 정체성을 형성하고 삶의 진실에 육박한다고 말한다. 5연의 추억은 단순한 상실감을 충족하려는 노스탤지어가 아니다. "남몰래 혼자 불 붙여 든 찔레꽃"이 여전히 존재의 가장자리를 밝히고 있음을 의미한다. "살아있는 시간이란 가다가도 들고 나다가도 드는 마당"이라는 진술이 말하듯이 시인은 안팎의 진솔한 열림이라는 자유를 생의 행복에 도달하고자 한다. 그리하여 "딸려오는 찔레넝쿨, 마음에 서리담긴 봄동 꽃 화롯불 삼아/어디, 현관문 잠그지 말고 살아볼지라/이웃 발길 조심 없이 드나들게끔"이라는 생동하는 리듬을 지닌 결구를 얻는다. 시인은 「단풍구경」에서 "나무도 마지막 문 앞에서는/본래의 낯빛을 챙긴다"라고 시작하면서 "웃는 일이 우는 일이요 우는 일이 웃는 일이다/빨주노초파남보/너나 나나 원래 자리는 바람 속이었구나"라고 끝을 맺으면서 노경의 역설에 이른다.

> 평생 내 손가락 먼 곳을 가리켰으나/그곳에 이른 때 없고//평생 내 손가락 꼭대기를 가리켰으나/그곳에 오른 적 없고//평생 내 손가락 나를 가리켰으나/그에도 닿은 적 없다//죽어서는 지구의 중심을 가리키리라/이번에는 그 중심/허공에 가닿으리라 (「허공」 전문)

이 시편에서 시적 화자는 중심이 허공이라는 역설을 진술하는데 시인의 생 철학의 발로라 할 수 있다. 자기(self)를 '텅 빈 중심'에 두려는 시인의 사유는 「하나 목숨」, 「꿈속 경주」, 「나이아가라를 그리며」, 「수제비」, 「건강을 위하여」, 「달리도 칠게장」, 「이승의 일」, 「개꿈을 품다」, 「좁쌀영감」 등의 시편을 통하여 다양하게 변주한다. 나이 듦에 관한 시적 사유는 대개 노경의 역설이라는 문법으로 나타나며 구

체적인 경험에 바탕을 둔 진솔한 깨우침으로 귀결
한다.